INHALT

TITANIC

»Du solltest dir hier ein paar Freunde suchen«, sagte Filip, während er mir vor dem Fernseher die Füße massierte, und ich nickte und streckte meine Zehen noch etwas, damit er besser herankam.

»Hmm.«

Agnes hatte gesagt, es sei völlig witzlos, nach Lund zu ziehen, wenn man dort nicht zur Uni gehe. »Genauso absurd, wie nach Australien zu ziehen, wenn man nicht gern surft.« Was sie eigentlich darüber wisse, hatte ich gefragt, und sie hatte geantwortet, ihr Bruder kenne einen Typen, der genau das getan habe, und es sei die schlechteste Entscheidung seines Lebens gewesen, davon rede er jedes Mal, wenn er betrunken sei, sie habe sogar mal auf einem Fest mit ihm rumgeknutscht, warum ich also immer alles in Frage stellen müsse. Im Nachhinein war mir nicht klar gewesen, ob es um Australien oder Lund gegangen war.

Aber wir zogen trotzdem nach Lund. Filip war endlich zum Jurastudium zugelassen worden, und ich dachte, ein Ortswechsel könne nicht schaden. Agnes, Linnea und ich waren seit der Mittelstufe unzertrennlich, und natürlich hatten wir unseren Spaß zusammen, aber gleichzeitig stimmte es auch, was Filip sagte: Diese Weiber konnten einem ganz schön auf die Nerven gehen.

Eine Weile überlegte ich, ob ich auch noch einmal studieren sollte. Zu Hause hatte ich schon einiges ausprobiert: Geschichte, weil mir das Fach am Gymnasium Spaß gemacht hatte, und BWL, weil ich von einem Job träumte, wo man ein Kostüm und hohe Absätze trug, aber irgendwie war nichts so gewesen, wie ich es mir vorgestellt hatte. Stattdessen bewarb ich mich für eine Elternzeitvertretung als Empfangsdame und bekam die Stelle, und damit war die Sache gegessen.

Wir fanden eine Zweizimmerwohnung in der Siedlung Klostergården, und ich spazierte jeden Morgen zum Bahnhof und nahm den Zug nach Malmö, wo die Firma ihren Sitz hatte. Der Job war okay. Ich ging ans Telefon, stellte die Anrufer in die richtige Abteilung durch, saß ganz einfach meine Stunden ab.

Filip fand schnell Anschluss in Lund, ging mit seinen neuen Kommilitonen in die Studentenvereinigung und hielt sich mit Kaffee und Energydrinks wach, um vor den Prüfungen die Nächte durchzubüffeln. Wenn ich morgens zur Arbeit verschwand, lag er oft schnarchend mit einem geöffneten Buch auf der Brust auf dem Sofa. Es störte mich nicht. Manchmal ging ich mit ihm und seinen neuen Kumpels weg, aber wir hatten schon immer getrennte Freundeskreise gehabt, und außerdem langweilten mich ihre Insiderwitze über die kauzigen Professoren und ihre hitzigen Diskussionen darüber, wer in welcher Prüfung welche Note gehabt hatte.

Dann passierte etwas. Ich wurde schwanger.

»Das Timing ist nur so schlecht«, sagte Filip.

»Oberschlecht«, sagte ich.

Doch ich hatte mich schon entschieden. Die Sozialarbeiterin in der Beratungsstelle half mir, das Elterngeld zu berechnen, und Filip und ich vereinbarten, dass wir es unseren Eltern erst nach dem dritten Monat erzählen würden.

»So oder so wird es ein süßes Kind werden«, sagte Filip.

»Und schlau«, ergänzte ich.

Er beugte sich herab und küsste mich auf den Bauch.

»Du solltest dir ein paar Freunde suchen«, sagte er. »Damit du in der Elternzeit nicht so allein bist.«

Dann hatten wir Sex, und ich dachte darüber nach, was er gesagt hatte. Vielleicht war ja doch etwas dran. Sicher würde es Müttergruppen oder Ähnliches geben, aber da konnte man schließlich an alle möglichen Leute geraten. Und das wollte man ja nicht.

Ich saß im Zug und betrachtete meine Mitreisenden. Alle schienen so ein geordnetes Leben zu haben, mit großem Bekanntenkreis, ständig klingelndem Telefon und vollem Terminkalender. Bei mir war das nie so gewesen. Oder doch, ich hatte ja Agnes und Linnea gehabt, aber wir hatten uns eher zufällig gefunden. Drei Kinder, die gern vor dem Spiegel Grimassen schnitten oder in der Siedlung hin- und herradelten und spielten, wir wären Hexen mit einem wichtigen Auftrag. Ob wir ansonsten viel gemeinsam hatten, weiß ich nicht. Wie findet man eigentlich neue Freunde? Jetzt, als Erwachsene? Als Kind war das leichter gewesen. Oder na ja, als Studentin.

Bei der Arbeit aß ich mein Mittagessen in der Teeküche der Putzfrauen. Sie aßen früh, ich spät. Oben im zweiten Stock gab es noch eine Personalküche, die von den Büromitarbeitern genutzt wurde, aber bisher hatte mir niemand angeboten, meine Pause dort zu verbringen. Ich beobachtete die Menschen, die kamen und gingen. Einige waren nett und wechselten hin und wieder ein paar Worte mit mir. Andere nicht.

Vielleicht würde sich alles ergeben, wenn das Baby da war. Ich würde durch die Geschäfte streifen, in Cafés sitzen, ins Fitnessstudio und zum Yoga gehen, wie man es von anderen Leuten hörte. So könnte es werden. Oder auch nicht.

Als ich eines Nachmittags am Empfang saß, kam eine junge Frau mit Kinderwagen herein. Ich erkannte sie sofort wieder. Sie arbeitete in der Marketingabteilung im dritten Stock, aber ich hatte sie schon seit ein paar Monaten nicht mehr gesehen. Jetzt verstand ich auch, warum. Normalerweise trug sie immer einen Rock und hohe Stiefel, aber heute hatte sie Jeans an. Trotzdem hübsch. Verdammt hübsch. Sie war eine von denen, die alles tragen konnten. Und Karriere machten.

Sie sah sich um und kam zu mir an die Empfangstheke.

»Du«, sagte sie. »Kann ich den Wagen hier irgendwo abstellen? Dann muss ich mich nicht damit in den Aufzug zwängen.«

»Klar«, antwortete ich.

Sie schob den Kinderwagen an die Wand, zog eine Papiertüte aus dem Untergestell, hängte sich die Wickeltasche um und hob das Baby heraus. »Ich habe Kuchen für die Kollegen mitgebracht«, erklärte sie und schwenkte die Papiertüte.

»Wie nett«, sagte ich und nickte. Dann verschwand sie im Treppenhaus.

Während ich versuchte, mich an ihren Namen zu erinnern, nahm ich ein paar Anrufe an. Gleichzeitig rief ich im Verzeichnis alle Mitarbeiter ihrer Abteilung auf. Da war sie. Valerie Aggebjörk. Bis Februar nächsten Jahres in Elternzeit. Dann würden wir uns auf jeden Fall ein paar Monate überschneiden. Auf gut Glück klickte ich in die Kalender ihrer Kollegen. Drei von ihnen waren gerade in einer Sitzung. Das waren wohl die, mit denen sie Kuchen aß.

Dann kamen ein Kurier, der eine Unterschrift brauchte, und ein Mann, der zu einem Termin mit einem Mitarbeiter aus der Buchhaltung wollte, dessen Namen er vergessen hatte. Eigentlich hatte ich vorgehabt, mir einen Kaffee zu holen, beschloss jedoch zu warten.

Gegen halb vier kam Valerie zurück.

»Danke, dass du auf den Wagen aufgepasst hast«, sagte sie und legte das schlafende Baby hinein.

»Das war doch überhaupt kein Problem«, sagte ich so freundlich wie möglich.

Als das Baby greinte, schaukelte sie den Kinderwagen leicht hin und her.

»Schöner Wagen«, sagte ich. »Kannst du ihn empfehlen?«

»Ja, der ist tatsächlich gut.« Sie hängte die Wickeltasche an ihren Platz und strich sich über das Haar. Dann drehte sie sich zu mir um und reckte den Hals, um mich hinter der Theke sehen zu können. »Wieso fragst du?«

Ich zuckte beiläufig mit den Schultern und versuchte mich an einem geheimnisvollen Lächeln. Sie lächelte zurück.

»Okay«, sagte sie. »Ich frage nicht weiter. Aber alles Gute! Und herzlichen Glückwunsch!«

Nach der Arbeit ließ ich mir ein Bad ein und sank in das heiße Wasser. Valerie war wohl ein bisschen älter als ich. Fünf oder acht Jahre vielleicht. So wie die meisten, die Kinder bekamen, jedenfalls in dieser Gegend. Zu Hause war das vielleicht anders, doch im Grunde kannte ich auch niemanden, der schon Kinder hatte. Linnea hat vor ein paar Jahren abgetrieben, aber darüber durften wir nicht sprechen, wenn wir es taten, presste sie die Lippen zusammen und ging.

Ich sollte ein bisschen zielstrebiger werden, überlegte ich. Vielleicht kam das von selbst, wenn man Kinder hatte? Ich könnte mich während der Elternzeit an einer Fernuni einschreiben und mein altes Fach wiederaufnehmen. Einen Abschluss in BWL machen. Juristin und Betriebswirtin, das klang gut. Vielleicht könnte ich auch irgendwas mit Marketing machen? Das würde bestimmt zu mir passen.

Ich zog die Knie an und versank tiefer im Wasser, bis nur noch die Nasenspitze herausragte.

Es war nicht geplant gewesen. Das Telefon klingelte, und jemand wollte Sara aus der Marketingabteilung sprechen. Ich sah im System nach.

»Tut mir leid«, sagte ich. »Die ist gerade in der Mittagspause.«

Nachdem ich aufgelegt hatte, rief ich die Kalender einiger ihrer Kollegen auf. Alle waren in der Pause. Vielleicht hatte ich auch Hunger. Ich stellte den Anrufbeantworter an, nahm meine Tupperdose, und dann tat ich es: Ich fuhr zwei Stockwerke nach oben.

Quer im Raum stand ein länglicher Tisch, am einen

Ende saßen drei Leute: zwei Frauen und ein Mann. Die mit den rötlichen Haaren war Sara, ich erkannte sie von dem Bild auf der Website wieder. Ich schob meine Pasta in die Mikrowelle, und als sie aufgewärmt war, setzte ich mich ans andere Ende des Tischs. Die drei schräg gegenüber lachten lauthals. Ich scrollte auf meinem Handy und hob hin und wieder den Kopf, um zu sehen, ob ich mit irgendjemandem Blickkontakt aufnehmen konnte, aber sie wirkten völlig in ihr Gespräch vertieft.

Ich schob gerade die letzte Nudel in der Plastikdose hin und her, als wären noch Saucenreste übrig, als der Typ aufstand.

»Ich mache Kaffee«, sagte er in den Raum hinein. »Will noch jemand einen?«

Ich sah auf.

»Du vielleicht ...?«, fragte er.

»Gerne«, antwortete ich.

Dann tranken wir zusammen Kaffee, und als ich erklärte, ich würde am Empfang arbeiten, taten alle so, als wüssten sie das längst.

In den nächsten Wochen gelang es mir oft, sie abzupassen. Manchmal blinkten so viele eingehende Anrufe auf der Telefonanlage, dass ich es erst nach oben schaffte, wenn sie die Personalküche schon wieder verließen. Manchmal – meistens freitags – gingen sie auswärts essen. Nach einer Weile fragten sie, ob ich mitkommen wolle, und das tat ich auch einige Male, aber sie hatten wohl ein anderes Gehalt als ich, und so aß ich an diesen Tagen meistens doch bei den Putzfrauen.

Als ich eines Abends zu Hause im Schlafzimmer stand und versuchte, aus den ungleichen Socken im Wäschekorb Paare zu bilden, spürte ich plötzlich, wie sich etwas in meinem Bauch bewegte. Hastig legte ich die Hände darauf. Vollkommen still stand ich da und wartete. Dann spürte ich es erneut.

»Filip!«, rief ich ins Wohnzimmer.

Er brummelte irgendetwas.

»Es bewegt sich«, sagte ich.

»Was denn?«, fragte er, und ich hörte, wie er in seinem Buch blätterte.

»Das Baby.«

Vorsichtig presste ich die Finger gegen meinen Bauch, aber es passierte nichts mehr. Filip kam ins Zimmer. Sein T-Shirt war hochgerutscht, sodass über der Jogginghose ein Stück Bauch zu sehen war.

»Cool«, sagte er.

»Ja, sehr.«

Dann standen wir da und kicherten, sein Haar war so durcheinander wie meine Gefühle.

An einem Freitag hörte ich, wie sie aus dem Aufzug kamen.

»Hast du Lust, mit uns essen zu gehen?«, fragten sie im Vorbeigehen. Ich wollte gerade den Kopf schütteln, als Sara sagte: »Unsere Kollegin Valerie kommt auch. Sie ist gerade in Elternzeit, das wird sicher nett.«

»Valerie?«, fragte ich. »Okay, ich komme mit.«

Wir gingen gemeinsam zum Lilla Torg.

Ich hätte einen engeren Pullover anziehen sollen, in dem man es wirklich sehen kann, dachte ich, aber dafür war es jetzt zu spät.

Valerie saß schon auf der Terrasse des Restaurants und

wartete. Sie trug eine große Sonnenbrille und hatte den Wagen neben sich stehen. Ich ging schräg hinter den anderen dreien und konnte sehen, wie sie strahlte, als sie ihre Kollegen entdeckte. »Heeeeej!«

Sie umarmte einen nach dem anderen, und dann schauten alle in den Wagen und sagten, wie niedlich das Baby sei und so weiter.

»Ach, das ist übrigens Minna«, sagte Sara und deutete in meine Richtung. »Sie arbeitet an der Rezeption.«

Valerie drehte sich zu mir um.

»Wir kennen uns schon«, sagte ich.

»Ja, natürlich!«, sagte sie und nickte schnell. Hinter der Sonnenbrille konnte ich ihre Augen nicht sehen, aber ich war mir trotzdem sicher, dass ihr Blick keinen Hinweis darauf gab, dass sie mich wiedererkannte.

Die anderen setzten sich zuerst, und der einzige Platz, der übrig blieb, befand sich an der Ecke direkt neben dem Wagen. Wir bestellten, und bald redeten die anderen eifrig durcheinander. Ich blickte auf das Baby herab, während ich mein Risotto aß. Es war ein Junge, er lag mit offenen Augen da und reckte seine speckigen Arme nach einem Stoffelefanten, der über ihm baumelte. Er presste die Zunge gegen die Unterlippe, Speichel tropfte hinab. Seine kleine Nase war von Rotz verstopft.

»Wie heißt er?«, fragte ich.

Valerie hörte mich nicht, also fragte ich noch einmal lauter.

»Was? Ach ja, entschuldige. Hugo.«

Sie hatte die Sonnenbrille ins Haar geschoben, und jetzt sah man, dass sie perfekt geschminkt war. Wenn ich Eyeliner benutzte, waren die Striche immer krakelig.

»Er ist wirklich total süß«, sagte ich so überzeugend, wie ich konnte.

»Danke.« Sie lächelte mich kurz an, ehe sie sich wieder ihren Kollegen zuwandte.

Ich betrachtete Hugo erneut.

Er zappelte hilflos wie ein Käfer auf dem Rücken. Ich zog den Elefanten ein Stück herunter, damit er herankam. Er griff danach, verlor ihn aber sofort wieder aus den Fingern.

Ehe wir aufbrachen, verschwand Valerie mit Hugo auf die Toilette, um die Windel zu wechseln. Die anderen gingen schon auf den Platz, aber ich blieb neben dem Wagen sitzen und wartete. Als sie zurückkam, mühte sie sich damit ab, die Tasche über den Griff zu bugsieren, während sie das Baby im Arm hielt.

»Soll ich dir helfen?«, fragte ich und streckte mich nach der Tasche, aber sie reichte mir stattdessen das Kind.

»Das ist lieb von dir.«

Immerhin roch er gut, ein leichter Duft nach irgendetwas, vermutlich Valeries Parfüm. Ich hatte noch nie ein Baby gehalten, oder doch, Linneas kleinen Bruder vielleicht, aber da muss er schon zwei Jahre alt gewesen sein.

Als sie fertig war, drehte sie sich um und betrachtete mich und Hugo.

»Ach, ich bin ja doof!«, platzte es aus ihr heraus. »Du hast mir doch schon mal geholfen. Mit dem Wagen.«

»Macht doch nichts«, sagte ich.

Sie knuffte die Kissen im Wagen zurecht und legte Hugo darauf.

»Wie geht es dir denn? Ich meine, mit ... du weißt schon?«

»Gut«, antwortete ich.

Sie nickte freundlich und schob den Wagen von der Terrasse.

»He, wartet mal!« Sie winkte ihren Kollegen zu.

»Du«, sagte ich. Ich dachte fieberhaft nach. »Kennst du eine gute Yogagruppe für … du weißt schon.«

Ich machte eine vage Handbewegung in Richtung Bauch.

»Wohnst du in Limhamn?«

»Nein, in Lund.«

»Nee, dann weiß ich nicht so genau.«

Sie eilte hinter den anderen her, und ich musste mich anstrengen, um mitzuhalten.

»Aber wir haben Freunde in Limhamn! Mein Freund und ich, wir sind ziemlich oft da.«

»Aha«, sagte sie. »Wo denn da?«

»Ich erinnere mich gerade nicht genau an den Straßennamen.«

Am Abend lag ich wieder in der Badewanne. Mein Bauch wurde runder, besonders abends, aber wenn ich lag, sank er irgendwie leicht in sich zusammen. Ich verpasste ihm einen leichten Knuff, um zu sehen, ob das Baby reagierte. Das war nicht der Fall.

Filip stieß die Tür auf.

»Darf ich reinkommen?«

Er zog die Hose herunter und setzte sich auf die Klobrille.

»Was es wohl für einen Charakter haben wird?«, fragte ich und strich mir mit den Fingern vom Nabel abwärts über den Bauch.

»Das werden wir dann schon sehen.«

»Stell dir vor, es wird eine richtige Nervensäge! So jemand, den man nicht ausstehen kann.«

»Es wird wohl zu dem werden, zu dem wir es machen. Wenn wir vernünftig sind, wird auch das Kind vernünftig.«

»Meinst du?«, fragte ich.

Ich dachte an Hugo und überlegte, ob er so war, wie Valerie es sich vorgestellt hatte. An ihm war ja nichts verkehrt, das konnte man nicht behaupten. Jedenfalls nichts, was man auf den ersten Blick sah.

Filip streckte sich nach dem Toilettenpapier.

»Ich habe nur das Gefühl, dass alles Mögliche da drinnen sein könnte. Ein Alien oder so«, sagte ich.

»Ein Alien? Hast du ein Alien verschluckt?«

Er lachte, stand auf und spülte.

»Vielleicht ist es auch ein Monster«, sagte er, während er sich die Hände wusch.

»Oder ein Katzenjunges.«

Er beugte sich herab und küsste mich. Dann griff er nach einem Handtuch.

»Komm aus der Wanne. Ich will dich überall abtrocknen.«

Ein paar Tage darauf verging der Nachmittag bei der Arbeit ungewohnt langsam, und ich surfte aus Spaß im Internet. Aus einem Impuls heraus tippte ich Valeries Namen in die Suchmaske und erhielt eine Adresse. In Limhamn. Ich nahm ein Post-it und notierte sie. Dann ging ich auf die Seite des Verkehrsunternehmens, fand heraus, welche Busse dorthin fuhren, und schrieb auch sie auf den Zettel. Nur so zum Zeitvertreib.

Am Samstag wollte Filip im Juridicum lernen und anschließend zum Hockey gehen.

»Was hast du heute vor?«, fragte er. Er stopfte seine Sportschuhe in die übervolle Tasche und kämpfte mit dem Reißverschluss.

»Weiß nicht«, antwortete ich.

Ich ging in Richtung Stadt. Vielleicht würde ich ein bisschen über den Flohmarkt auf der Södra Esplanaden schlendern oder zum Markt auf dem Mårtenstorget gehen und Obst kaufen. Aber ich hatte ja kein Geld. Als ich zur Kulturmejeriet kam, bog ich stattdessen links in den Stadtpark ab. Die Sonne schien, überall waren Menschen und Hunde. Der Spielplatz war voller Kinder. Auf den Bänken saßen die Eltern, alle schienen sich mit jemandem zu unterhalten. Ich blieb eine Weile stehen und betrachtete sie; wie glücklich sie aussahen. Niemand schien meine Anwesenheit überhaupt zu bemerken.

Ich ging zum Bahnhof weiter. Ein Zug Richtung Süden kam, ich stieg ein, und als ich in Malmö war, sprang ich in den Bus nach Limhamn.

Dort angekommen, stand ich zwischen den Häusern und wusste nicht genau, wo ich hinsollte. Es war einer dieser Tage, an denen wir uns zu Hause auf meinen Balkon gequetscht hätten. Linnea hätte ihr Oberteil ausgezogen und im BH dagesessen, um die Sonne maximal auszunutzen, obwohl sie eine Gänsehaut hatte, und Agnes hätte mir zugerufen, ich solle Kaffee und Kuchen herbeischaffen und ob ich nicht wenigstens eine Zeitschrift hätte, in der sie blättern könne.

Vielleicht machten sie das auch heute, aber bei jemand anderem zu Hause. Und ich stand hier mitten in einem

Viertel mit ordentlichen Reihenhäusern ohne Balkone. Wo ich herkam, sah es nicht so aus. Jedenfalls da, wo ich mich aufgehalten hatte.

Ich spazierte zwischen Rentnern und Familien zum Wasser. Niemand schien von mir Notiz zu nehmen. Dann kam mir ein Gedanke. Vielleicht lag es doch nicht daran, dass ich unsichtbar war. Vielleicht war der Grund vielmehr, dass ich so gut hierher passte. Dass ich dem Anschein nach hier zu Hause war. In gewisser Weise war es ja auch schön hier. Meine Freundinnen würden das vielleicht anders sehen, aber man konnte auch nicht behaupten, dass sie, abgesehen von dem Fleckchen, wo sie lebten, viel von der Welt gesehen hatten. Sie redeten immer noch darüber, wer in der Sechsten ein Streber gewesen war und wer sich bei irgendeiner Weihnachtsfeier in der Achten mit Glögg betrunken hatte, und sie zeigten mit dem Finger auf die Leute und sagten, der ist so und so und die ist so und so, weil es immer schon so war.

Aber so bin ich nie gewesen. Und vielleicht war ich noch nicht ganz am Ziel angekommen, aber ich hatte immerhin einen anderen Weg eingeschlagen.

Ich legte die Hand auf meinen runden Bauch, kehrte dem Meer den Rücken zu und ging wieder hinauf zu den Häusern. Plötzlich stand ich in Valeries Straße. Ich las die Hausnummern, perfektes Design auf reinen Fassaden. Da war ihre Nummer.

Das Fenster neben der Haustür war gekippt. Ich beugte mich herab und tat so, als würde ich mir die Schuhe binden. Was sollte ich jetzt machen?

Da ging die Tür auf, und Valerie kam heraus. Sie hatte eine zugeknotete Plastiktüte in der Hand und eilte zur

Mülltonne. Das Haar hing ihr ins Gesicht, und es sah aus, als würde sie den Mund verziehen. Aber das ließ sich aus dieser Entfernung natürlich schwer erkennen. Das Ganze dauerte lediglich einen kurzen Moment, sie hob den Deckel, drehte sich um und verschwand wieder im Haus. Für einige Sekunden war sie nur einen Steinwurf von mir entfernt gewesen. Sie hatte den Kopf kein bisschen gedreht. Hatte nicht einmal gesehen, dass ich da war. Ich stand weiterhin dort und betrachtete die verschlossene Tür. Wie nah dran ich war. Ich hätte hingehen und klingeln können.

Ich ließ meinen Blick in beide Richtungen die Häuserreihen entlangwandern, links, rechts, links. Alle Türen waren verschlossen, wie unüberwindbare Tore in einer langen weißen Mauer.

Ich drehte eine weitere Runde durch das Viertel, lief aufs Geratewohl zwischen den Häusern umher. Ich ging und ging und wurde immer schneller, es kniff in meinem Bauch, aber ich ging weiter und blieb nicht stehen; erst als ich zum Bahnhof kam, wo ich den Zug nach Hause nahm.

Gegen acht stiefelte Filip durch die Tür, warf seine Sporttasche auf den Boden und fragte: »Hast du Lust, mit zu Kalle zu kommen? Wir wollen Fußball gucken und ein paar Bier trinken. Seine Freundin ist auch da.«

»Bier?«, fragte ich. »Bier?«

Er setzte sich auf den Hocker im Flur, zog die Schuhe aus und sah zu mir auf.

»Für dich besorgen wir natürlich was anderes.«

Ich verdrehte die Augen.

»Was ist denn jetzt dein Problem?«, fragte er.

»Muss immer alles nach deinen Bedingungen ablaufen? Musst du immer alles bestimmen?«

»Wovon um alles in der Welt redest du?«

Ich hob abwehrend die Hände und ging ins Schlafzimmer. Er kam hinterher.

»Was willst du denn? Sollen wir stattdessen ins Kino gehen? Bist du dann zufrieden?«

»Kino?«, fragte ich. »Kino? Du bist so was von beschränkt!«

Verdutzt zog er den Kopf zurück. »Sind das die Hormone?«

»Hormone?«, schrie ich. »Hormone!«

Eine Stunde später lagen wir immer noch im Bett, er mit dem Kopf zwischen meinen nackten Brüsten, während ich ihm mit den Fingern durchs Haar strich.

»Wollen wir nicht doch zu Kalle?«, fragte ich. »Irgendetwas müssen wir ja machen.«

Er setzte sich auf und sagte, jetzt verstehe er gar nichts mehr. Da musste ich lachen.

Eine gute Woche später saß ich an der Rezeption, als Sara mit einer kleinen Tüte in der Hand die Treppe herunterkam.

»Du«, fragte sie. »Meinst du, du könntest mir einen Gefallen tun?«

»Klar«, sagte ich.

»Ich habe hier etwas, das Valerie gehört. Mit der wir letztens mittagessen waren, du weißt schon. Sie braucht es dringend, aber ich habe keine Zeit, zu ihr zu fahren. Als ich mit ihr gesprochen habe, sagte sie, dass du anscheinend ziemlich oft in Limhamn bist. Meinst du, du könntest …? Also, wenn du sowieso gerade in der Gegend bist?«

Sie reichte mir die Tüte.

»Kein Problem«, sagte ich.

Sie strahlte. »Toll, vielen Dank! Ich habe einen Zettel mit der Adresse hineingelegt.«

Ich stellte die Tüte neben mir ab und ertappte mich den ganzen Tag dabei, zu ihr hinüberzuschielen, wenn ich Gespräche annahm oder Besucher empfing.

Um Punkt fünf stellte ich die Telefonanlage aus. Die Tüte steckte ich in meine Tasche. Dann ging ich zur Haltestelle und stieg in den Bus.

Valeries Haus lag im Dunkeln. Ich zögerte eine Weile, ehe ich zur Tür ging und klingelte. Niemand öffnete.

Wieder ging ich zwischen den Häusern umher. Als ich an einem Laden vorbeikam, kaufte ich mir eine Tüte Süßigkeiten. Nicht gerade ein Abendessen, aber besser als nichts.

Eine Stunde später stand ich wieder vor Valeries Haus. Jetzt brannte in einem der Zimmer Licht. Ich drückte auf die Klingel.

»Oh, hallo!«

Sie sah aus, als wäre sie einer Modereportage entsprungen.

»Sara hat mich gebeten, dir das vorbeizubringen. Wenn ich sowieso in der Gegend bin.«

Sie nahm die Tüte entgegen und bedankte sich mehrmals.

»Tja«, sagte sie dann. »Du willst sicher nicht reinkommen. Du musst ja bestimmt zu deinen Freunden zurück.«

»Die gucken gerade Fußball«, erwiderte ich. »Das interessiert mich überhaupt nicht.«

»Fußball? Wer spielt denn heute?«

»Ach, sie sehen sich alle möglichen Ligen an.«

Sie nickte leicht und fuhr sich hastig mit der Zunge über die Lippen. Ich blieb stehen.

»Wir könnten uns ja ein anderes Mal treffen«, sagte sie dann. »Du könntest herkommen, oder wir sehen uns in der Stadt.«

»Okay«, sagte ich.

»Dann lass uns demnächst mal nach einem Termin schauen.«

»Wir können auch gleich was ausmachen«, sagte ich.

Im Bus in Richtung Bahnhof las ich wieder und wieder den Zettel mit ihrer Telefonnummer, obwohl ich sie längst auswendig konnte.

Valerie schlug vor, dass ich sie am darauffolgenden Sonntag besuchen sollte.

»Wollen wir heute mal zu IKEA und ein paar Sachen besorgen?«, fragte Filip beim Frühstück.

»Nein«, sagte ich. »Ich besuche eine Freundin.«

»Eine Freundin? Cool!«

Seine Miene war fragend, aber ich aß weiter meine Cornflakes und starrte in die Milch, damit er nicht sah, dass ich mir das Lächeln kaum verkneifen konnte.

Es war ein herrlicher Tag. Der Zug nach Malmö war fast leer, kein Vergleich zum Berufsverkehr an Werktagen.

Wenn ich in Elternzeit bin, kann ich fahren, wann ich will, dachte ich. Kann in Ruhe meinen Kinderwagen durch die Gegend schieben. Muss mich nicht mit all den gestressten Leuten zusammendrängen. Vielleicht sollte ich mir eine Monatskarte zulegen. Dann könnte ich nach Malmö fahren, wann immer ich wollte, und müsste nicht in diesem bedrückenden Lund herumlaufen.

Weil ich sowieso zu früh dran war, spazierte ich nach Limhamn. Mir fiel ein, dass ich vielleicht etwas mitbringen sollte, machte man das nicht so? Blumen oder Schokolade? Wenn man zu Linnea nach Hause kam, bat sie einen immer vorher, unterwegs etwas für sie zu besorgen, Milch oder Katzenstreu oder Zigaretten. Aber dieser Besuch war etwas anderes.

Ich sah einen kleinen Laden und ging hinein. Lange stand ich mit einer Schachtel in jeder Hand vor dem Pralinenregal. Eigentlich schuldete sie mir einen Dank, weil ich die Tüte von Sara vorbeigebracht hatte. Aber Valerie dachte sicher, das wäre keine große Sache, weil ich ja sowieso in der Gegend gewesen war.

Ich entschied mich für eine Schachtel, bezahlte und steckte sie in die Handtasche. Dann ging ich weiter.

Ehe ich in Valeries Straße einbog, zupfte ich meine Frisur zurecht und legte ein wenig Lippenstift auf. Dann räusperte ich mich, ging zu ihrem Haus und klingelte.

Der Holzboden war blank poliert, und über dem eckigen Sofa lag asymmetrisch, wie zufällig dahin geworfen, eine Wolldecke. In der Küche stand ein großer Tulpenstrauß, und es roch nach frisch gebrühtem Kaffee.

»Ich habe nichts gebacken«, sagte sie. »Aber das macht nichts, denn wir haben gleich um die Ecke die beste Bäckerei der Welt.«

Hugo saß auf dem Boden mit Holzspielzeug, das ich im Designkaufhaus gesehen hatte.

»Wie groß er geworden ist«, sagte ich.

Sein Pullover war vollgesabbert.

Valerie hatte Kaffee und Kuchen auf einem Tablett arrangiert, und wir saßen im Wohnzimmer neben dem großen, gardinenlosen Fenster.

»Wie weit bist du denn?«, fragte sie.

»Fast Halbzeit«, sagte ich und legte die Hand auf die Kugel.

»Wie schön«, sagte sie und hob ihre Tasse.

»Ist es wirklich schön?«, fragte ich.

»Was für eine Frage!« Sie lachte.

Von Agnes hätte man wenigstens eine direkte Antwort bekommen: Ja, nein oder vergiss es einfach. Wenn sie denn Kinder gehabt hätte oder an ihnen interessiert gewesen wäre. Aber sie hasste ausnahmslos alle Kinder. Was das anging, war sie gerecht.

Ich trank etwas mehr Kaffee und nahm ein Gebäckstück.

Valerie sprach über dieses und jenes und hielt die Knie vornehm geschlossen. Ich sah auf meinen ausgewaschenen H&M-Pullover und meine Strümpfe herab, durch die meine Zehen hindurchschienen. Dann blickte ich zu ihrer kühlen Erscheinung auf.

Was machte ich hier eigentlich? Die Pralinenschachtel lag in meiner Tasche, eigentlich sollte ich sie wohl holen, aber sie wirkte so fehl am Platz, hier, wo alles derart ausgesucht und geschmackvoll war. Eine stinknormale Pralinenschachtel aus dem Laden um die Ecke. Überhaupt nichts Besonderes.

Ich sah zum Fenster hinaus in den Garten und dachte an unsere kleine Wohnung. Eines Tages würden wir vielleicht auch so wohnen. Eines Tages, wenn wir älter waren und unsere Ausbildungen abgeschlossen hatten und alles in geregelten Bahnen verlief. Aber nicht jetzt. Vielleicht war ich nicht so wie Agnes und Linnea, aber wie Valerie war ich auch nicht. Ich dachte an Filip. Dumme Weiber, hätte er gesagt. Dumme Weiber, alle zusammen. Ich konnte ihn mir genau vorstellen und hätte beinahe gelacht, obwohl ich noch hier saß. Vielleicht hatte ich nicht viele andere Menschen, aber ich hatte ihn. Und vielleicht reichte das auch.

Wir tranken noch eine Weile Kaffee. Hugo fing an zu weinen, und Valerie hob ihn auf ihren Schoß.

»Ich muss dann auch bald los«, sagte ich.

»Okay«, sagte sie und wischte Hugo mit einem Stofftuch das Gesicht ab. »Ich muss ihn sowieso bald ins Bett bringen.«

Auf dem Tisch vor mir lagen ein paar Krümel, und ich überlegte, ob ich sie mit der Hand zusammenfegen sollte, aber ein Lappen wäre wahrscheinlich angemessener gewesen. Stattdessen legte ich so diskret wie möglich meine Serviette darüber.

»Willst du mitkommen und sein Zimmer sehen? Wir haben es gerade neu tapeziert. Vielleicht würde dir das auch gefallen? Für deins, meine ich.«

Sie deutete mit dem Kopf auf meinen Bauch.

»Gern«, sagte ich.

Wir gingen die Treppe hinauf und betraten das kleine Kinderzimmer. Vorsichtig legte sie Hugo in das Gitterbett. Die Tapete hätte auch bei Agnes' Oma an der Wand hängen können. Einmal hatten wir heimlich ein paar ihrer Nackenbeißer gestohlen, die im Regal vor einer genauso geblümten Wand gestanden hatten, und sie uns vorgelesen. Wir hatten so sehr gelacht, dass Linnea sich fast in die Hosen gemacht hätte. Und jetzt lag Hugo hier auf dem Rücken und betrachtete eine fast identische Tapete.

»Ist sie nicht schön?«

»Total schön«, sagte ich, und sie hielt mir einen Vortrag darüber, dass man die Rollen vorbestellen musste und sie aus irgendeinem alten Archiv kamen, und sie redete über Muster und Neudrucke und sagte, sie könne mir gern den Link schicken.

»Ich muss jetzt wirklich los«, sagte ich.

»Okay«, sagte sie. »Aber nett, dass du da warst. Und viel Glück mit allem!«

»Danke«, sagte ich. »Das Schlimmste ist sicherlich, es herauszupressen, der Rest wird schon irgendwie gehen.«

Ich lachte. Sie stimmte nicht mit ein. Für einen kurzen Moment dachte ich, dass die Leute hier wohl einen anderen Humor haben mussten. Aber dann sah ich etwas in ihrem Gesicht, und ich kann es nicht beschreiben.

Einmal hatte Agnes uns detailliert von einem Dokumentarfilm über Schweinezucht erzählt, den sie im Fernsehen gesehen hatte, so was machte sie manchmal – sie schaute Sendungen, die sich kein normaler Mensch antun würde. Anschaulich hatte sie alle Krankheiten und Fleischwunden beschrieben, ja sie hatte sogar versucht, die Geräusche der Schweine nachzuahmen, wenn sie vor Angst und Schmerz quiekten. Linnea musste auf den Balkon hinausgehen, um nicht ohnmächtig zu werden. Offenbar ist es so, dass es die anderen Schweine triggert, wenn ein Schwein eine Wunde hat. Sie können nicht davon lassen. Sie lecken, beißen und kauen, und wenn man sie nicht davon abhält, reißen sie schließlich große Stücke aus dem Fleisch heraus, sie werden zu Kannibalen, und das verletzte Schwein wird unter grausamen Qualen zum Lebendfutter seiner Artgenossen. »Es ist wie mit den Affen«, sagte sie. »Im Zoo sterben sie immer Knall auf Fall. Sie können lange krank gewesen sein, aber sie wissen, dass die anderen aus der Herde über sie herfallen, wenn sie ihre Krankheit zeigen. Deshalb ahnt man nichts, bis sie plötzlich tot sind.« Als wäre sie neuerdings Affenexpertin, nur weil sie nächtelang vor der Glotze saß und Tierfilme sah.

Valeries Gesicht hatte jedenfalls irgendetwas an sich, das mich daran denken ließ. Der Sekundenbruchteil von etwas anderem als ihrer sonst so perfekten Mimik.

»Raus kommt es immer«, sagte sie. »Das wird schon gut gehen.«

Sie lächelte erneut. Freundlich. Ihre perfekten Lippen kräuselten sich ein wenig.

»Wie war deine?« Ich versuchte, so neutral wie möglich zu fragen.

»Normal«, sagte sie. »Aber jetzt müssen wir rausgehen, damit Hugo schlafen kann.«

Sie legte eine Hand auf meine Schulter und schloss die Tür hinter uns.

»Wir haben ihm beigebracht, allein einzuschlafen«, erklärte sie. »Ich finde es wichtig, dass sie das können.«

Gemeinsam gingen wir die Treppen hinab.

»Du hattest es eilig«, sagte sie.

»Einen Kaffee würde ich vielleicht doch noch trinken, bevor ich gehe.«

Wieder saßen wir an dem niedrigen Sofatisch. Draußen

schien die Sonne. Valerie redete über Kindersitze, Kinderwagen und Kindertagesstätten. Hin und wieder versuchte ich etwas einzuwerfen, aber sie schien gar nicht zuzuhören. Stattdessen legte ich die Hand auf meinen Bauch. Das Baby trat mich ein wenig. Ich musste lächeln. Hier saßen wir, das Baby und ich. Noch wusste ich nichts über ihn oder sie, aber ich wusste, es gab das Baby und uns. Filip und mich. Uns, zusammen.

Valerie sagte, ich bräuchte ihr nicht beim Abräumen zu helfen, aber ich trug trotzdem etwas mit hinaus. Dann brachte sie mich in den Flur. Als ich mir die Tasche umhängte, fiel mir ein, dass die Pralinen immer noch darin lagen. Ich zog sie heraus und reichte sie ihr.

»Hier, nimm die. Wenn du sie willst.«

Sie nahm die Schachtel. Dann sagte sie: »Weißt du was? Man kann die Geburt mit einer Reise auf der Titanic vergleichen.«

»Mit der Titanic?«, fragte ich und lachte. »Das klingt beunruhigend.«

Ihr Blick war irgendwo anders. Ich rührte mich nicht.

»Man weiß, dass es eine lange Reise wird«, sagte sie und schien jedes Wort mit Bedacht zu wählen. »Anstrengend und aufwühlend, aber man ist gut darauf vorbereitet. Wenn sie vorbei ist, betritt man eine neue Welt. Man weiß es nicht sicher, hat aber trotzdem eine Vorstellung, was einen am Ende erwartet.«

»Glaubst du denn, man wusste damals schon so viel über die USA? Also, falls du das meinst.«

Sie schien mich nicht zu hören.

»Dann kommt der Schlag. Plötzlich übernehmen die Naturgewalten, das Wasser bricht durch.«

Ich lachte, wollte eine treffende Bemerkung über das abgehende Wasser machen. Aber noch bevor mir etwas einfiel, redete sie weiter.

»Er sucht sich ein Rettungsboot. Du musst dir das so vorstellen: Wenn du das Schiff betrittst, ist dein Partner dir ebenbürtig. Ihr seid glücklich, ihr wollt das zusammen durchstehen. Eine gemeinsame Reise zu neuen Ufern. Aber wenn die Geburt einsetzt, springt er ins Rettungsboot, während du ins eiskalte Wasser geworfen wirst. Du machst das gut, ruft er. Du schaffst das! Und du schwimmst um dein Leben, während er es bequem hat und dir etwas zuruft. Du bist allein damit. Vollkommen allein. Wenn du ertrinkst, ertrinkst du. So ist es, ein Kind zu gebären.«

»Das ist eine ganz neue Beschreibung.«

Sie lächelte, wirkte beinahe verzückt. »Dann steht ihr zusammen am Kai, und er lobt dich vor allen, die es hören wollen. Du hast das so gut gemacht, sagt er. Du warst so tapfer und stark.«

Ich klammerte mich an den Schulterriemen meiner Tasche, bis mir die Finger wehtaten.

»Weißt du, was du dann machst?«, fragte sie. »Wenn er alles noch einmal erzählt, als wäre es seine Geschichte? Dann stehst du da und schätzt ab, wie tief es bis zum Wasser ist. Wie viel Kraft es erfordern würde, ihn nach unten zu stoßen. Ob der Kai hoch genug ist, damit er nicht wieder nach oben kommt.«

Das Lachen stieg in mir auf, und ihre Augen blitzten, als sie einstimmte.

»Du bist witzig«, japste ich. »So was von witzig.«

Sie lachte, bis ihr die Tränen in die Augen schossen,

und als sie sie mit dem Zeigefinger wegwischte, blieb ein kleiner schwarzer Rand von der Schminke.

»Entschuldige«, fuhr sie dann fort. »Das hätte ich nicht sagen sollen. Du hast dein Kind ja noch nicht mal bekommen.«

»Aber dann geht es wieder bergauf, oder?«

»Dann geht es bergauf. Das wirst du schon merken.«

Sie hatte aufgehört zu lachen. Es war, als hätte sich etwas in mir gelöst, ja vielleicht auch zwischen uns. Ich war dabei, mich in etwas Neues hineinzubegeben, dachte ich, eine Verbindung, in die ich bisher keinen richtigen Einblick erhalten hatte, die es aber trotzdem gab, etwas ganz anderes als alles, was ich bisher gekannt hatte. Ich würde es später erfahren. Ich wollte nach Hause fahren und es jemandem erzählen. Agnes oder Linnea konnte ich nicht anrufen, sie würden nicht verstehen, wovon ich sprach. Aber Filip konnte ich es erzählen. Die Geschichte war einfach zu gut. Er wird brüllen vor Lachen, dachte ich. Was werden wir beide lachen.

Ich bedankte mich noch einmal für den Kaffee und sagte, wir könnten uns ja irgendwann einmal wiedersehen, aber wir wussten wohl beide, dass es nicht dazu kommen würde.

»Danke«, sagte ich jedenfalls, und sie nickte, als sähe sie mir an, dass ich es ernst meinte. Ich legte die Hand auf die Türklinke. Plötzlich hatte sie wieder diesen abwesenden Blick.

»Aber weißt du, was das Schlimmste ist?«, fragte sie.

Das Metall der Klinke fühlte sich kalt an.

»Das Schlimmste ist die Zeit danach. Bevor man ein Kind bekommt, glaubt man, es wäre die Geburt. Aber im

Grunde ist das gar nichts. Das Schlimmste kommt erst noch. Wenn du mit dem Kind im Arm dasitzt und es sich anfühlt, als hätte jemand deinen ganzen Unterleib mit einem Brecheisen aufgestemmt, und die Brüste so wehtun, dass man sie am liebsten abschneiden würde, und das Blut und der Schweiß rinnen, und nichts mehr so ist wie früher, und du auf der Toilette sitzt und nur noch schreien willst, dich aber nicht traust, nachzusehen, und die Krankenschwestern dir versichern, das wäre normal, alles wäre normal, vielleicht würde es noch ein paar Monate so bleiben, vielleicht für den Rest deines Lebens, aber es wäre normal. Und dann kommt er. Der Mann, der gerade Vater geworden ist. Er trägt ein frisch gebügeltes Hemd und riecht gut. Er küsst dich auf die Stirn und macht dieses glückliche Gesicht. Und erst da trifft dich die Erkenntnis mit voller Kraft: dass sich für ihn nichts verändert hat. Dass er ein Geschenk bekommen hat, das aus deinem Fleisch gerissen wurde, du aber nie etwas geschenkt bekommen wirst. Das wirst du ihm nie verzeihen. Man verzeiht es nie. Es gibt manche, die so tun, als wäre es nicht so, aber das ist nur Fassade. Deshalb wird nie wieder etwas so wie vorher. Niemand, der gezwungen ist, neben jemandem herzuschwimmen, der in einem Rettungsboot sitzt, wird wieder so wie vorher. Niemand, dem man etwas aus dem Körper gerissen hat, wird wieder so wie vorher.«

Ihr perfektes Gesicht strahlte. Ich brachte kein Wort hervor. Die Türklinke war schweißnass. Ich ließ los und wischte mir die Hand an der Hose ab.

Sie warf ihr langes Haar in den Nacken, sodass ihre hohen Wangenknochen zu sehen waren.

»Das meine ich natürlich nicht ernst. War nur Spaß.«

Ich ging zwischen den Reihenhäusern in Limhamn entlang. Die Sonne schien, und die Menschen waren in ihren Gärten und jäteten Unkraut. Ich legte die Hand auf meinen Bauch. Dort drinnen bewegte sich etwas. Ein Kind. Ein Katzenjunges. Hast du ein Alien verschluckt?, hatte Filip gefragt und gelacht, ja, im Grunde war es ein richtiges Hohngelächter gewesen. Hatte ich etwas verschluckt? Oder würde mich etwas verschlucken.

ERSTE HILFE

Sie ist sieben Jahre alt und wütend. Strampelt sich auf dem schwarzen Jungenfahrrad ab, das Christian ihr geschenkt hat, obwohl sie sich ausdrücklich eins in Rosa gewünscht hat. Aber deshalb ist sie nicht sauer, das Fahrrad hat sie ja schon lange.

Ohne richtigen Grund radelt sie zornig zwischen den Siedlungen hin und her, beschleunigt auf dem Asphalt und biegt dann so rasant in den Schotterweg ein, dass die Steine in alle Richtungen fliegen. Erst an der Einundvierzig und der Zweiundzwanzig vorbei, dann bis zum Spielplatz und wieder zurück. Sie denkt daran, auch an ihrer eigenen Haustür vorbeizufahren und einen unauffälligen Blick in das Gebüsch zu werfen, wo sie ihren Schulranzen versteckt hat, und saust dann schnell weiter, ehe sie überhaupt jemand dabei beobachten kann.

Jetzt ist sie bei den gelben Häusern angekommen und muss sich auf die Pedale stellen, um den Berg hinaufzukommen. Hinter der Kuppe biegt sie scharf nach rechts, streckt die Füße von sich und lässt sich zwischen den Gebäuden abwärtsrollen. Sie hält sich ein Stück links, falls jemand plötzlich die Tür einer Waschküche aufstoßen sollte. Inzwischen hat das Rad richtig Fahrt aufgenommen, und obwohl ihr Körper immer noch unter Spannung steht, merkt sie, wie sich ein Lächeln auf ihrem Gesicht ausbreitet, ja beinahe ein Lachen, weil es in ihrem Bauch kribbelt.

Sie wird schneller und schneller.

Im nächsten Moment gerät das Fahrrad ins Schlingern. Vielleicht ist sie gegen einen Stein gefahren, aber darüber kann sie nicht lange nachdenken, sie umklammert den Lenker ganz fest und versucht zu bremsen, obwohl es schon zu spät ist. Sie stürzt zur Seite, und das Fahrrad fällt auf sie.

Der Asphalt brennt an ihren nackten Beinen. Sofort springt sie auf und inspiziert ihr Rad. Nichts verbogen oder kaputt. Dann sieht sie, dass Blut auf ihre Schuhe tropft.

Am Schienbein ist die Haut abgeschürft. Sie setzt sich wieder auf den Boden und legt die Hände auf die Wunde, nimmt sie aber sofort wieder weg, weil es so brennt. Eine Weile lang starrt sie stumpf auf die gegenüberliegende Hauswand und konzentriert sich auf die Fugen zwischen den Ziegelsteinen, bis deren Konturen wieder schärfer werden.

Dann hört sie Stimmen näher kommen. Es sind Wille und Nicholas aus der Vierten und bestimmt noch ein paar andere. Sie rappelt sich auf, in ihrem Kopf dreht sich alles ein wenig, aber sie stellt das Fahrrad hin und packt energisch den Lenker. Dann humpelt sie, das Rad neben sich, in die entgegengesetzte Richtung davon. Es lässt sich nur schwer rollen, aber zurücklassen kann sie es auch nicht.

Das Blut rinnt an ihrem Bein hinunter. Als sie auf ihre Schuhe blickt, sieht sie, dass es mehr Flecken geworden sind. Sie beugt sich nach unten und versucht das Blut mit dem Daumen wegzuwischen, aber es ist schon in den Stoff eingezogen.

»Doofe Schuhe«, sagt sie und kickt ein paar Mal mit ihren Zehenspitzen in den Boden.

Ein Stück entfernt entdeckt sie eine Bank, schiebt das Rad dorthin und setzt sich. Erst zieht sie den fleckigen Schuh aus, dann auch den anderen. Anschließend nimmt sie ihre Wunde in Augenschein. Mit dem Zeigefinger pult sie ein wenig Schotter heraus, es brennt so sehr, dass ihr die Tränen in die Augen steigen, doch sie hört nicht auf. Ihre Nägel sind kurz, und es ist nicht leicht, die kleinen schwarzen Steinchen zu erwischen. Das Knie ist auch ein wenig aufgeschürft, aber das meiste ist weiter unten. Jetzt blutet es noch mehr.

Als sie aufsieht, bemerkt sie, dass sie vor der Hausnummer vier sitzt. Sie beißt sich auf die Unterlippe und blickt von Fenster zu Fenster. In manchen stehen Blumen oder hängen Gardinen, in anderen sind die Jalousien heruntergelassen. Sie betrachtet das Blut, das jetzt auch an ihren Fingern klebt. Wieder sind die Stimmen der Jungen zu hören, obwohl sie gar nicht in dieser Richtung wohnen, aber der Fußballplatz liegt natürlich direkt gegenüber der Hausnummer Vier.

Hastig steht sie wieder auf, nimmt die Schuhe in die linke Hand und bringt das Fahrrad zum Ständer vor dem Haus. Sie zieht die schwere Haustür auf, lässt sie hinter sich ins Schloss fallen und bleibt im Treppenhaus stehen.

Drinnen riecht es staubig, es ist ein anderer Geruch als in dem Haus, wo sie wohnt. Der Steinboden fühlt sich kühl an unter ihren nackten Fußsohlen. Sie dreht sich um und späht durch die Scheibe in der Tür, kann die Jungen jedoch noch nirgends entdecken, da ist nur der leere Vorplatz. Sie haben es sicher nicht eilig, aber sie können jeden Moment hier sein, das weiß sie. Ihr Bein blutet immer noch. Sie umfasst den Türknauf und versucht ihn umzudrehen, aber wahrscheinlich lässt sich die Haustür gar nicht von innen abschließen.

Für einen Moment steht sie da, mit den Händen auf dem Glas und der Nase kurz davor, späht hinaus und wartet.

Schließlich wendet sie sich der Tafel zu, auf der die Namen der Hausbewohner stehen. Mühsam buchstabiert sie sich hindurch, bis sie den richtigen findet. Zweiter Stock. Sie fährt sich mit der Zunge über die Lippen, presst die Schuhe gegen ihre Brust und rollt die Zehen ein. Dann steigt sie die Treppe hinauf.

Als sie die richtige Etage betritt, gibt es dort drei Türen. Sie liest die Namen mehrmals, um ganz sicher zu sein, Buchstabe für Buchstabe.

Sie holt tief Luft und klingelt.

Niemand macht auf.

Sie klingelt erneut.

Nachdem sie kurz gewartet hat, presst sie den Daumen lange auf den runden Knopf. Sie hört es drinnen klingeln, beugt sich ein wenig vor und hält den Klingelknopf gedrückt.

Die Tür geht auf. Sein graues Haar steht wild vom Kopf ab, und er ist unrasiert.

»Hallo«, sagt sie.

»Hä?«, sagt er.

»Hast du ein Pflaster?«

»Äh, nein.«

Er blinzelt in das grelle Licht des Treppenhauses und ist im Begriff, die Tür wieder zuzuziehen.

»Siehst du denn nicht, dass ich blute?«

»Bluten?«, fragt er und schüttelt den Kopf. »Nee.«

»Nur dass du es weißt: Ich bin Izabell. Und du bist mein Großvater.«

Mit der Hand auf der Türklinke hält er inne und nickt zerstreut.

»Soso.«

Sein Blick flackert.

»Und ich bin gerade hingefallen und habe mir wehgetan. Also brauche ich ein Pflaster. Verstehst du?«

Er starrt auf die geschlossene Tür gegenüber. Izabell dreht sich um, doch niemand öffnet.

»Ich ...« Er fährt sich mit der Hand durchs Haar.

»Siehst du das denn nicht?«

Diesmal hebt sie die Stimme, und drüben bei den Nachbarn sind Geräusche zu hören, vielleicht Schritte.

»Okay, okay«, sagt er und lässt ein bisschen mehr Platz im Türrahmen frei.

Sie tritt ein paar Schritte vor und schlüpft in den kleinen Flur.

»Und meine Schuhe muss ich auch waschen.«

Sie hält ihm die Schuhe hin, damit er die Flecken sehen kann, aber er kratzt sich nur am Kopf. »Ich weiß nicht ...«

»Ich muss mal dein Waschbecken benutzen.«

Im Flur ist es dämmrig, aber am Ende kann sie eine Tür sehen, die einen Spalt offen steht, und dahinter eine Badewanne. Sie geht hinein, schaltet das Licht an und dreht den Wasserhahn auf.

Er steht in der Tür und betrachtet sie. Vorsichtig schiebt sie den Schuh unter den Wasserhahn. Greift nach der Flüssigseife, pumpt sie auf den Stoff und reibt. Der Stoff ändert seine Farbe, als er nass wird, aber die Flecken sind nach wie vor zu sehen.

»Du«, sagt er. »Ich glaube, ich habe keine Pflaster.«

Sie behält die Hände unter dem Wasserhahn, starrt ihn jedoch wütend an. Er lässt seinen Blick zu der Schürfwunde auf ihrem Bein wandern.

»Ich sehe mal nach«, sagt er.

Er dreht sich um und verschwindet. Als er zurückkommt, hat er eine große Plastikbox dabei. Auf dem Deckel liegen eine Rolle Heftpflaster und einige Kompressen.

»Das ist eigentlich kein Pflaster«, sagt er.

Sie stellt das Wasser ab und trocknet sich die Hände an dem kleinen Frotteehandtuch ab.

»Was ist es dann?«

»Man kann damit Wunden verarzten.«

»Dann musst du mir helfen, es draufzumachen.«

Fahrig knibbelt er das Heftpflaster von der Rolle und nimmt in der Luft Maß. Sie stellt einen Fuß auf den Klodeckel, und er legt ihr eine Kompresse auf das Bein, während er mit der anderen Hand unbeholfen am Pflaster herumnestelt. Sie wartet geduldig.

»Eigentlich wäscht man die Wunde zuerst«, sagt sie schließlich.

Er stutzt kurz, nickt dann aber, legt alles beiseite, geht zur Badewanne und stellt die Dusche an. Er hält ihr den Duschkopf hin.

»Hier.«

Sie bleibt mit dem Bein auf dem Klodeckel stehen.

»Normalerweise macht Mama das immer«, sagt sie. »Oder Christian.«

Seine Haltung und Miene ändern sich nicht. »Hier.«

Sie zwängt sich zur Badewanne, hebt das Bein über den Rand und spült es vorsichtig ab. Wenn es brennt, runzelt sie die Stirn und zieht die Mundwinkel nach unten. Er hat die Hände hinter dem Rücken verschränkt, wartet, bis sie fertig ist, und dann streckt er sich vor und dreht das Wasser ab. Anschließend nimmt er ein Handtuch vom Haken und reicht es ihr.

»Mama macht das trotzdem besser«, sagt sie, als er ihr vorsichtig das Bein abtupft.

Er räuspert sich.

»Vielleicht solltest du dann zu ihr gehen.« Er deutet mit dem Kopf auf ihr Bein. »Es blutet ja gar nicht mehr. Und ihr habt bestimmt ganz viele Pflaster zu Hause.«

»Sie ist bei der Arbeit. Und ich habe keinen Schlüssel, den habe ich aus Versehen verloren. Mama kann ja nicht andauernd neue Schlüssel bezahlen.«

»Nein, das ist klar.« Er schweigt einen Moment, ehe er mit festerer Stimme fortfährt: »Und wann kommt sie nach Hause?«

»Um halb sechs. Jedenfalls meistens.«

Er legt die Hand auf seinen linken Arm, obwohl er gar keine Uhr hat. Dann zuckt er hastig mit den Schultern und beginnt langsam und umständlich, sie zu verarzten.

Sie dreht das Bein hin und her, um sein Werk zu bewundern. Dann wirft sie einen Blick in die Plastikbox.

»Warum hast du so viele Sachen? Wofür hat man so was?«

Er hebt die Hand zum Kopf und kratzt sich erneut. »Tja, gute Frage, das weiß ich selbst nicht so genau.«

Sie öffnet den Deckel und kramt im Verbandszeug.

»Die hat mir mal eine Krankenschwester mitgebracht. Eigentlich gehören die Sachen ihr.«

»Eine Krankenschwester? Bist du krank?«

Er lacht. »Na ja, so krank wie die meisten Leute.«

Dann wird er ernster.

»Weil ich krank bin, kann ich nicht mehr arbeiten. Ich bin Frührentner.«

»Frührentner? Mama sagt, du wärst ein Säufer.«

Seine Mundwinkel zucken.

»Nein«, antwortet er. »Nicht mehr. Aber ich war einer.«

»Einmal Säufer, immer Säufer, sagt Mama.«

Er sieht zur Decke. »Ja, das kann ich verstehen.«

»Weißt du, dass ich Riesendurst habe? Weil ich so viel geradelt bin.«

»Ach so?«

»Hast du Saft da?«

Sie gehen zusammen in die Küche, und er macht sich im Kühlschrank auf die Suche, während sie mit den Fingern in die Jalousien greift und hinausspäht.

»Limo habe ich«, sagt er und schwenkt eine halb leere Flasche. »Aber wahrscheinlich ist keine Kohlensäure mehr drin.«

»Macht nichts.«

Er schraubt den Deckel auf und lacht vergnügt, als es trotzdem zischt. Dann gießt er die Limo in ein Glas, schiebt die Werbeprospekte auf dem Tisch zusammen, sodass eine freie Fläche entsteht, und stellt es dort ab. »Bitte schön.«

Sie setzt sich auf einen Küchenstuhl und trinkt. Er setzt sich ihr gegenüber, trommelt ein wenig auf die Tischplatte und schielt zu ihr hinüber.

»Du siehst deiner Mutter sehr ähnlich«, sagt er.

Sie streckt die Zunge heraus und leckt sich den Mund, weil sie ein bisschen Limo über der Oberlippe hat.

»Wir waren zuerst hier«, sagt sie. »Da kannst du nicht einfach in die Gegend ziehen und glauben, wir würden jetzt einen auf heile Familie machen.«

Sie trinkt den letzten Rest aus.

»Sagt das deine Mutter?«

Sie nickt, und dann nickt er auch.

»Das war nicht so ... Also, ich hatte nicht vor ... Man muss nehmen, was sie einem zuweisen.«

»Zuweisen?«

»Das ist ein bisschen schwer zu erklären.«

»Okay«, sagt sie. »Aber Mama ist trotzdem stinksauer auf dich.«

»Ja.«

Er blickt zu den heruntergelassenen Jalousien. »Weißt du, ich war deiner Mutter kein besonders guter Vater. Ein ziemlich schlechter sogar. Deshalb kann ich verstehen, dass sie sauer auf mich ist.«

Sie lehnt sich zurück und lässt sich auf den Boden gleiten.

»Und jetzt bist du nur noch ein alter Mann. Also ist es jetzt zu spät.«

»Ja. Jetzt ist es zu spät.«

Sie sitzt jetzt auf dem Boden und knibbelt an ihren Zehen herum, blickt dann aber auf und sieht, dass er Däumchen dreht, erst in die eine Richtung, dann in die andere.

»Auf mich wird Mama auch stinksauer sein. Weil ich meine Schuhe schmutzig gemacht habe. Die sind fast neu.«

»Nee du, das kann ich mir nicht vorstellen.«

»Jawohl du!«

Sie reißt die Augen auf und nickt so heftig, dass ihr fast wieder schwindelig wird. Deshalb starrt sie erneut auf ihre Schuhe.

Eine Weile ist es still, bis er schließlich sagt: »Dann müssen wir sie wohl waschen.«

Als er aufsteht, tut sie es auch. Gemeinsam gehen sie ins Badezimmer und begutachten die Schuhe, die immer noch im Waschbecken liegen. Er öffnet das Schränkchen und sucht nach der Nagelbürste. Sorgfältig schrubbt er die Flecken, bis einer nach dem anderen verschwindet, während sie sich über seinen Arm reckt und seine Arbeit begutachtet. Als er fertig ist, reicht er ihr die Schuhe.

»Jetzt müssen sie nur noch trocknen«, sagt er.

Sie nimmt einen Schuh in jede Hand und geht in den Flur.

»Ich kann sie eine Weile in die Sonne stellen. Oder sie auf den Gepäckträger klemmen und durch die Gegend radeln, damit sie vom Wind durchgepustet werden!«

»Pass nur auf, dass du nicht hinfällst.«

»Pfft.«

Sie presst die Schuhe an die Brust und legt die Hand auf die Klinke.

»Wenn du willst, kannst du auch noch ein bisschen bleiben«, sagt er. »Bis deine Mutter nach Hause kommt.«

Sie schüttelt den Kopf.

»Nein. Und außerdem muss ich sowieso nach meinem Ranzen gucken, damit ihn keiner klaut.«

Sie drückt die Klinke herunter

»Aber vielleicht komme ich ein andermal.«

Er blickt sie an, und seine Augen sehen fast ein wenig feucht aus.

»Na denn.« Seine Stimme zittert ein bisschen.

Als sie den Treppenaufgang betritt, will er die Tür hinter ihr schließen, doch als sie nur noch einen Spaltbreit geöffnet ist, stößt er sie schnell wieder auf.

»Du!«

Sie ist schon halb die erste Treppe hinabgesprungen und dreht sich im Laufen um.

»Nächstes Mal«, sagt er, »lass das mit dem Klingeln. Ich kann das einfach nicht so gut. Also Leute in meine Wohnung lassen. Wenn du mich besuchen willst, ist es besser, wenn du einfach die Tür aufmachst und reinkommst.«

UND AUSSERDEM MACHEN DIE LEUTE HEUTZUTAGE SO SELTSAME DINGE

Im Grunde war es nicht mehr als die Laune eines Augenblicks gewesen, die dazu geführt hatte, dass ich meinem Mann auf seine Geschäftsreise nach Helsingborg begleitete. Ich war seit unserer Hochzeit nicht mehr mitgefahren und in der Zeit davor auch nur, damit wir uns von Süd nach Nord durch sämtliche Hotelbetten des Landes vögeln konnten. Das war nun schon viele Jahre her.

Aber am Tag, bevor er aufbrechen wollte, rutschte mir dann heraus, dass er mich immer mit dem ganzen Mist allein lasse oder irgendwas in der Art, woraufhin er vorschlug: Dann komm doch mit. Darauf war ich nicht vorbereitet gewesen. Aber dann überlegte ich, dass ich zur Zeit ohnehin nicht besonders viele Aufträge hatte und dass meine Mutter mir ständig in den Ohren lag, sie wolle die Kinder hüten.

In der frühen Morgendämmerung setzten wir uns ins Auto und fuhren gen Süden. Die ganze Situation hatte etwas Befremdliches an sich, und wir suchten unbeholfen nach Gesprächsthemen.

»Bestimmt gibt es ein paar hübsche Läden in Helsingborg«, sagte mein Mann. »Oder vielleicht willst du mit der Fähre rüber nach Dänemark?«

Sein Blick war starr geradeaus auf die Autobahn gerichtet, und ich konnte spüren, dass auch er nicht darüber sprechen wollte (aber durchaus daran dachte), wie ich damals nackt in Hotelbetten gelegen und auf seine Rückkehr von diversen Meetings gewartet hatte.

»Vielleicht«, antwortete ich, »mal sehen.«

Als wir uns Värnamo näherten, fragte mein Mann, ob ich in irgendeinem netten Restaurant etwas essen gehen wolle. Ich antwortete, das spiele keine Rolle, und so saßen wir eine halbe Stunde später in einem Schnellimbiss und verdrückten Hamburger.

Als er sich die Pommes in den Mund schob, ging mir durch den Kopf, dass er aussah wie eine wiederkäuende Kuh. Oder wie ein Hausschwein. Rundlich, gemütlich und vollkommen langweilig.

Während seine Kiefer vor sich hin mahlten, landete ein bisschen weiße Soße in seinem Dreitagebart.

Sieht fast aus wie Sperma, dachte ich und amüsierte mich noch einen Moment über die Vorstellung, ehe ich ihm eine Papierserviette reichte und ihn bat, sich den Mund abzuwischen.

In Helsingborg wurde es bereits dunkel, als wir vom Parkplatz durch den Nieselregen Richtung Hotel gingen.

»So kurzfristig noch ein Doppelzimmer zu ergattern ist fast unmöglich gewesen«, erklärte er. »Offenbar findet gerade irgendeine große Messe statt. Ich musste nehmen, was ich kriegen konnte.«

In der Eingangshalle standen verstaubte Plastikblumen, die ausgelegten Gratiszeitungen waren mehrere Tage alt, und in einer Ecke tröpfelte von einem grauschwarzen Fleck an der Decke Wasser in einen roten

Eimer hinab. Hinter der Rezeption stand ein Mittvierziger mit übertrieben dicken Oberarmen und einer massiven Goldkette um den Hals.

»Ehepaar?«, fragte er in einem schleppenden Mischmasch aus osteuropäischem und südschwedischem Akzent, als er uns die Schlüssel reichte.

»Weshalb fragen Sie?«, sagte mein Mann und erhielt ein anzügliches Grinsen zur Antwort.

Wir nahmen den Aufzug nach oben und gingen auf unser Zimmer. Auf dem Teppichboden waren ein paar ziemlich verdächtige Flecken zu sehen, über die ich ein Handtuch aus dem Badezimmer breitete. Dann streckte ich mich auf dem durchgelegenen Bett aus, während mein Mann die Vorhänge aufzog und auf die Straße hinuntersah.

»Wie gesagt, es war gar nicht leicht, ein Zimmer zu bekommen«, sagte er.

»Macht nichts. Wir sind schon in mieseren Absteigen gewesen.«

Dann besorgten wir uns Fast Food, aßen es im Hotelzimmer und schauten dabei eine Quizshow im Fernsehen. Kurz vorm Einschlafen fragte mein Mann: »Willst du?«

Ich antwortete: »Sicher.«

Und dann ruckelte unser klapperiges Bett eine Weile vor sich hin wie ein Schleppkahn, an dessen Deck die Fracht nicht ordentlich festgebunden worden war.

Am nächsten Morgen blieb ich noch ein Weilchen liegen und sah dabei zu, wie mein Mann sich die Krawatte band und die Knitterfalten aus dem Jackett strich.

»Es wird wahrscheinlich den ganzen Tag dauern«, sagte er, und ich antwortete, das mache mir nichts aus.

Die Morgendusche fiel recht kurz aus, weil es mir nicht gelingen wollte, die richtige Temperatur einzustellen. Als ich gerade in meine Unterwäsche geschlüpft war, vernahm ich Geräusche aus dem Nebenzimmer. Das Lachen von einem Mann und einer Frau. Ich hörte ihre Stimmen ganz deutlich, die eine dunkel, die andere hell, einzelne Worte konnte ich jedoch nicht ausmachen. Mein Haar war voller Knötchen (weil ich den Conditioner vergessen hatte), und ich versuchte mühevoll, es Strähne für Strähne zu entwirren. Von nebenan war jetzt ein Scharren zu hören, als ob jemand Möbel verrückte, dazu die Stimme des Mannes und der Frau im Wechselspiel – mal seine, mal ihre. Ich griff nach meiner Bürste, und nachdem ich meine Haare ein Weilchen damit bearbeitet hatte, schrie die Frau urplötzlich laut auf. Wie vom Blitz getroffen erstarrte ich mit der Bürste in der Hand. Der Mann stöhnte. Einen Augenblick lang war es still. Dann polterte etwas gegen die Wand, und das Bild über unserem Bett begann bedrohlich zu wackeln. Ich starrte es an. Es wackelte wieder. Und wieder. Schließlich kletterte ich auf die Matratze und stemmte mich dagegen, um das Bild am Hinunterfallen zu hindern, ließ aber schon bald die Hand zur Seite und über die schmuddelige Tapete gleiten. So saß ich eine Weile da und spürte die Vibrationen. Sie schrie, er stöhnte, sie schrie immer lauter.

Was, wenn er sie erschlägt?, schoss es mir durch den Kopf. Ihre Schreie hatten etwas Gequältes, Flehendes an sich. Ich lauschte. Doch in Anbetracht des rhythmischen Polterns erschienen mir andere Theorien wahrscheinlicher als ein Frauenmord. Und außerdem, überlegte ich, machen die Leute heutzutage so seltsame Dinge, bei denen Schmerz und Lust derart nah beieinanderliegen, dass sie kaum noch voneinander unterscheidbar sind.

Dann wurde es still. Ich wartete. Mit einem Mal war der Autolärm von der Straße so unerträglich laut, dass er alle anderen Geräusche in sich ertränkte. Das war mir bis dahin noch gar nicht aufgefallen.

Schließlich presste ich ein Ohr gegen die Wand. Lange hörte ich nichts, aber irgendwann, da war ich mir ziemlich sicher, vernahm ich leise Stimmen aus dem Nebenzimmer.

Zumindest sind sie am Leben, dachte ich. Sie sind am Leben.

Ich beschloss, nicht im Hotel zu frühstücken, sondern stellte den Kragen auf und marschierte gegen den Wind in ein Café unten am Hafen, wo die Fähren an- und ablegten. Kaum war die eine eingetroffen, machte sich die nächste auch schon auf den Weg. Um mich herum starrten die Menschen in ihre Zeitungen oder rührten in ihren Tassen, bis der Kaffee überschwappte. Ich blickte hinaus aufs Meer.

Es ist trotzdem etwas Besonderes, dachte ich bei mir. Dass die Leute, die hier wohnen und allmorgendlich in diesem Café sitzen, es gar nicht mehr sehen! Es ist doch etwas Besonderes, einem anderen Land so nah zu sein. Von hier aus die Häuser und die im Wind flatternden Flaggen auf der anderen Seite des Sunds zu betrachten, dort drüben, wo man eine andere Sprache spricht, andere Speisen isst und ein vollkommen anderes Leben lebt. Eine andere Wirklichkeit, in Sichtweite. Bloß Dänemark, klar, aber trotzdem etwas völlig anderes.

Ich trank einen Schluck Kaffee.

Dann überlegte ich mir, eine Erkundungstour zu machen und zu schauen, was die Stadt so zu bieten hatte. Die Häuser sind wirklich hübsch, dachte ich, ein ganz anderer Stil als zu Hause in Stockholm. Vielleicht sollte ich einen Spaziergang rauf zu dieser Landborgen machen, überlegte ich. Von dort aus soll man einen tollen Blick über den Öresund haben. Bei klarem Wetter kann man bestimmt die Insel Ven und sogar Kopenhagen sehen.

Ich bezahlte meinen Kaffee und folgte der Fußgängerzone Richtung Norden. Die Geschäfte waren noch geschlossen, aber womöglich war das besser so. Der Wind war etwas abgeflaut, die Luft klarer, und ich fand es beinahe angenehm, draußen umherzuschlendern. Vor dem Stadttheater war ich mir nicht mehr sicher, in welche Richtung ich musste, also erkundigte ich mich bei einem älteren Herrn mit kariertem Hut nach dem Weg.

»Sie müssen zum Vitabergsparken«, antwortete er und zeigte mir die Richtung. »Ich würde Sie ja begleiten, aber wie sähe das denn aus?«

Er zwinkerte mir zu und lüftete hastig den Hut, ehe er weiterzog. Ich lachte und ging ebenfalls weiter.

Der Ausblick war fantastisch. Unter mir die Stadt und das Meer, hinter mir Jahrhundertwendehäuser und pompöse Villen. Hier könnten wir wohnen, mein Mann und ich, ging es mir durch den Kopf. Unsere Kinder könnten in die Schule gehen, an der ich vorhin vorbeigekommen bin. Sie sah so nett aus, eingeklemmt in den Hang unterhalb des Parks. Und bestimmt waren Immobilien hier günstiger als in Stockholm. Ich könnte mit meinem Laptop und einer Tasse Kaffee auf dem Balkon sitzen, zum anderen Land hinübersehen und die Fähren beobachten, wie sie über den Sund hin- und herglitten. Vielleicht könnte ich sogar eine Fähre nehmen und meine Geschäftstermine in Kopenhagen abhalten. »Nein, tut mir leid«, würde ich den Kunden sagen, »Stockholm liegt so weit ab vom Schuss. Kommen Sie lieber hierher. Ich lade Sie auf ein dänisches Bier und Smørrebrød ein.«

Ich wickelte meine Jacke enger um mich. Dachte an alle Städte, die ich verpasst hatte, als ich noch mit meinem Mann umhergereist war. Jene Städte, die ich nur flüchtig durch ein Hotelzimmerfenster wahrgenommen hatte, während ich auf seine Rückkehr wartete.

Ob es sich so anfühlt, wenn man alt wird?, überlegte ich. Denkt man dann über Gebäude und Ausblicke nach? Früher hätte ich an solche Dinge keinen Gedanken verschwendet.

Als ich mich auf den Weg zurück Richtung Innenstadt machte, fiel mir ein, dass es östlich der Stadt ein großes Einkaufszentrum gab. Ich nahm den Bus dorthin und bummelte durch die Geschäfte. Dieselben Ladenketten wie zu Hause, aber immerhin nicht dieselben Verkäufer und Kunden. Hier sprachen sie einen anderen Dialekt. Ich musste an das Paar auf der anderen Seite der Hotelzimmerwand denken und versuchte, mir ihre Gesichter vorzustellen. Ihre helle und seine sonore Stimme. Ihr Gesicht (wahrscheinlich schön, zumindest jung), verzerrt von den animalischen Schreien. Wie eine gehetzte Hirschkuh, die um ihr Leben bangte. Seine starken Arme, die sie gegen die Wand pressten. Ob mein Mann und ich uns jemals so angehört hatten? Ob jemals eine Frau in ihren Vierzigern im Nebenzimmer gesessen und sich gegen die Wand gestemmt hatte, damit kein Bild herunterfiel?

Ich setzte mich mit meinen Einkaufstüten in einen Imbiss. Eine blonde Frau mit runden Wangen kam mir mit ihrem Tablett entgegen, zuerst gehetzt und verkniffen, doch als sie mich sah, strahlte sie plötzlich.

»Hallo!«

Ich grüßte zurück. Sie blieb stehen, und es schien, als erwartete sie, dass ich ihr einen Platz anbot, aber ich erkannte sie nicht. Dann nickte sie und ging weiter.

Wer war die Frau? Ich hatte keinen blassen Schimmer. Sie sah aus wie einer dieser Menschen, die es einem schwer machten, sie nicht zu mögen. Dicke blonde Locken und Pausbäckchen. Ich wandte mich um, um sie noch einmal genauer zu betrachten. Sie hielt ihre Gabel in der rechten Hand, aß und ließ ihre Kulleraugen über das Lokal schweifen.

Sie hatte mich gegrüßt, als ob wir uns kannten. Kannte ich denn jemanden in Helsingborg? Kannte ich sie?

Eine Suche im Personenregister in meinem Kopf erzielte keinen Treffer. Hatten wir womöglich mal zusammengearbeitet? Oder uns auf einem Fußballturnier der Kinder getroffen? Zu den Turnieren kamen immer ein paar nervtötende Mannschaften aus Schonen, mit herumbrüllenden Bälgern und Eltern, um die man am liebsten einen großen Bogen machte. Doch zu dieser Sorte Mensch schien sie nicht zu gehören.

Als ich mich gerade erneut zu ihr umdrehte, sah sie in meine Richtung und lächelte mich an. Mir fiel nichts Besseres ein, als einfach zurückzulächeln. Da nahm sie ihr Tablett und kam zu mir rüber.

»Verzeihung«, sagte ich. »Sie kommen mir bekannt vor, aber ich weiß nicht, wo ich Sie hinstecken soll.«

»Ich musste auch ein Weilchen überlegen«, sagte sie. »Ich glaube, unsere Männer sind alte Freunde. Und ich glaube, wir waren auf Ihrer Hochzeit.«

Ich lachte auf. »Dass man sich an so etwas nicht erinnert. An die Gäste seiner eigenen Hochzeit, meine ich.«

»Heißt Ihr Mann Joakim?«, fragte sie. »Ich bin mir ziemlich sicher, dass unsere Männer zusammen auf der Handelshochschule waren. Es gab Kalb auf Ihrer Hochzeit, das hatte ich vorher noch nie probiert.«

»Ach herrje«, sagte ich, »das ist doch fast fünfzehn Jahre her.«

Ihre Apfelbäckchen erröteten. »Es war köstlich«, sagte sie.

»Wie bitte?«

»Das Kalb.«

»Hier bekommt man doch gratis Kaffee zum Essen, nicht wahr?«, sagte ich. »Ich bringe Ihnen eine Tasse mit.«

Als sie sich schließlich erhob, um zurück ins Büro zu gehen, schrieb sie ihre Telefonnummer auf einen Zettel.

»Wir würden Sie beide gern heute Abend zum Essen einladen«, sagte sie. »Wenn Sie noch keine anderen Pläne haben. Unsere Männer würden sich nach all den Jahren bestimmt über ein Wiedersehen freuen.«

Ich nickte und sagte, ich würde mich melden, sobald ich mit meinem Mann gesprochen hätte. Dann machte sie sich auf den Weg, ihre blonden Locken kringelten sich über ihren Rücken.

Als ich mit dem Bus zurückfuhr, begann es zu regnen. Die Tropfen prasselten von der Seite gegen die Scheiben, und draußen auf der Straße kämpften die Fahrradfahrer gegen den Wind an. Ich legte den gesamten Weg von der

Bushaltestelle bis zum Hotel im Laufschritt zurück, wobei mir die Einkaufstüten bei jedem Schritt gegen die Beine klatschten. Der Aufzug kam nicht, obwohl ich mehrmals drückte, also stieg ich die knarzende Treppe hinauf und hinterließ dabei feuchte Spuren bis in unser Zimmer.

»Wie hieß er denn?«, fragte mein Mann, als ich ihn endlich an die Strippe bekam.

»Ihr Name war jedenfalls Sofie«, sagte ich. »Den hat sie auf den Zettel geschrieben.«

»Ja, aber seiner?«

»Das solltest du doch wissen. Ist doch dein Bekannter. Und im Übrigen warst du derjenige, der Hinz und Kunz zu unserer Hochzeit eingeladen hat.«

»Das ist doch fünfzehn Jahre her, verdammt noch mal!«

»Na, jetzt siehst du jedenfalls, was man davon hat.«

Er sagte, er müsse in sein Meeting, ich könne die Einladung aber ruhig annehmen. Also schickte ich eine SMS an Sofie und bekam als Antwort eine Adresse samt Smiley.

Später, als mein Mann zurück im Hotel war und gerade vor dem fleckigen Spiegel stand, um seinen Hemdkragen zu richten, ertönte wieder das Geräusch. Gemurmel, ein Poltern aus dem Nebenzimmer, dann ein Quietschen, wie von Metallfedern, die dringend mal geölt werden mussten. Mein Mann grinste.

»Hörst du das auch?«

»Die waren schon den ganzen Morgen zugange«, antwortete ich.

Wortlos machten wir uns weiter für das Abendessen fertig, bewegten uns still durch das Zimmer, sämtliche Aufmerksamkeit dem Treiben nebenan gewidmet.

Das Bild über dem Bett begann wieder zu wackeln und rhythmisch gegen die Wand zu poltern. Mein Mann zog eine Augenbraue hoch, ich verdrehte die Augen. Dann fing die Frau an zu schreien. Zuerst kurz, dann immer länger, schriller, lauter. Wir blickten einander an.

»Was zum Teufel treibt er da mit ihr?«, fragte mein Mann.

»Sollen wir mal klopfen?«

Wir lauschten einen Moment.

»So hat es sich heute Morgen auch angehört«, sagte ich, »aber offensichtlich hat sie überlebt.«

»Ist es denn dieselbe Frau?«, fragte mein Mann.

Möglicherweise schwirrten uns beiden dieselben Bilder im Kopf herum, welche das waren, konnte ich nicht genau sagen, aber sie trieben uns die Schamesröte ins Gesicht und ließen uns das Gesprächsthema wechseln.

Wir setzten uns aufs Bett, breiteten einen Stadtplan zwischen uns aus und ließen unsere Finger über die eingezeichneten Straßen wandern, während die Wand am Kopfende erbebte.

»Sollte nicht schwer zu finden sein«, sagte mein Mann und erhob die Stimme, um das Gestöhne und Geschrei unserer Nachbarn zu übertönen.

»Bestimmt nicht«, sagte ich, mit nicht minder lauter Stimme.

Als ich mir vor dem Badezimmerspiegel Mascara auftrug, wurde es mit einem Mal still. Ich fuhr mit den Fingern über die Falten, die sich wie die Schnitte eines sehr scharfen Messers quer über meinen Hals legten. Dann band ich mir ein Tuch um.

Im selben Moment tauchte mein Mann in der Tür auf.

»Sie scheinen fertig zu sein«, sagte er.

»Wir müssen uns beeilen, sonst kommen wir noch zu spät«, sagte ich.

Der Goldkettenmann stand hinter der Rezeption und brüllte jemanden durchs Telefon an. Als er vor lauter Wut gegen den roten Eimer unter dem Fleck an der Decke trat und das Wasser über den Teppich schwappte, wurde er noch lauter. Wir gingen schnellstmöglich an ihm vorbei und zur Tür hinaus.

»Helsingborg ist ein beschissener Windkanal«, sagte mein Mann und zog den Reißverschluss seiner Jacke hoch.

»Im Sommer ist es bestimmt schön«, entgegnete ich.

»Im Sommer ist es überall schön. Das muss schon ein wirklich jämmerliches Dreckskaff sein, wo es nicht mal im Sommer schön ist.«

Wir gingen nordwärts die Drottninggatan hinunter und überquerten den Platz an Dunkers kulturhus, um zum Wasser zu gelangen. Die Gebäude hier unten waren weiß mit großen Fensterflächen, der Boden war mit quadratischen Steinplatten belegt. Im Wasser lagen Boote, deren Masten wie der Zeiger eines Metronoms hin und her wippten.

»Stell dir mal vor, was so eine Wohnung in Stockholm kosten würde«, sagte mein Mann und nickte zu den Fassaden hin.

»Stell dir mal vor, was für ein fürstliches Leben wir hier führen könnten«, sagte ich.

Schließlich fanden wir die richtige Hausnummer und drückten auf den Klingelknopf.

Sofie machte uns auf. Sie hatte sich die Haare zu einem nachlässigen Pferdeschwanz zusammengebunden und eine Schürze fest um die Taille geschnürt. Ihr Mann (offenbar hieß er Andreas) reichte uns Kleiderbügel für unsere Jacken, dann begrüßten er und mein Mann sich mit Phrasen wie »Verdammt lange her« und »Du trainierst, wie ich sehe«. Was war das nur mit den Männern? Dieses ständige Bedürfnis, sich aufzuplustern. So zu tun, als würden sie sich vergnügen, während sie in Wahrheit austesteten, wer in der Hackordnung ganz oben stand.

Mir gab er einen Wangenkuss.

Ein riesiges Fenster nahm fast eine ganze Wohnzimmerwand ein, mit Aussicht über den Sund und die Lichter von Helsingør. Der Wind ließ die Scheiben erzittern.

»Schön habt ihr's hier«, sagte ich.

»Uns gefällt es«, sagte Sofie.

Wir tranken einen Aperitif mit Tequila und Limettensaft und begaben uns dann zu Tisch.

»Und du bist immer noch bei derselben Firma?«, sagte ihr Mann zu meinem. »Gibt es dann überhaupt noch Aufstiegschancen?«

»Sonst wäre ich wohl nicht mehr dort«, gab mein Mann zur Antwort.

Ich wandte den Blick zum Fenster, doch von hier aus spiegelte das Glas, und obwohl ich die Augen zusammenkniff, um einen Blick nach draußen zu erhaschen, sah ich nur uns selbst.

Sofie hatte inzwischen ihren Pferdeschwanz gelöst und errötete (auf eine verzückte Weise), als mein Mann ihr Komplimente für die Vorspeise machte.

»Ich hatte vorgeschlagen, etwas aus dem Delikatessengeschäft hier im Viertel zu holen«, sagte ihr Mann. »Die haben fantastische Drei-Gänge-Menüs.«

Sofie erhob sich, um unsere Teller abzuräumen. Als sie den ihres Mannes aufnahm, legte der seinen Arm um ihre Taille und ließ seine Hand weiter nach unten bis zu ihrem fülligen Po gleiten.

»Zu Hause schmeckt's immer noch am besten«, sagte er. »Sagst du das nicht immer, Liebling?«

Wir tranken mehr Wein (einen Merlot Jahrgang 2008), und Sofie ermunterte uns nachdrücklich, mehr vom Essen zu nehmen. Ich ließ meinen Blick über die weißen Möbel und die perfekt auf das Ledersofa abgestimmten Bilder schweifen. Sofie war ganz süß, doch, doch, eben auf diese harmlose Weise, eher Hauskatze als Jaguar. Vor dem Fenster fuhren die Fähren ein und aus, und meine Augen hatten sich inzwischen an die Lichtverhältnisse gewöhnt, sodass ich sie auf das Treiben jenseits unseres Spiegelbilds fokussieren konnte. Die hell erleuchteten Schiffe traten aus dem Herbstdunkel hervor wie kleine Milchstraßen.

Vielleicht lag es am Wein, jedenfalls wurde unsere Unterhaltung immer vertrauter. Andreas erzählte von einem Arbeitskollegen, der Schnapsflaschen in seinem Schreibtisch versteckte, Sofie machte Musik an und versuchte meinem Mann das Salsatanzen beizubringen. Als ich laut lachen musste und den Kopf in den Nacken warf, sah ich aus dem Augenwinkel, dass Andreas mich beobachtete.

»Du hast ein schönes Lächeln«, sagte er.

Sofie servierte uns Crème brûlée, und mein Mann half ihr, die Zuckerschicht zu flambieren. Wie sie so dastanden, hätte man fast meinen können, dass sie das Gastgeberpaar waren. Sie hatten den gleichen zufriedenen Gesichtsausdruck und teilten die Begeisterung für das Dessert. Ich fragte mich, wie es meinem Mann wohl mit ihr ergangen wäre; was, wenn wir vier uns als Studenten bei einem Pärchenabend getroffen und kurzerhand die Partner getauscht hätten, und heute, zwanzig Jahre später, sähen wir uns in dieser Konstellation wieder. Der Blick ihres Mannes hing wie festgenagelt an meinem Profil. Ich ließ ihn noch eine Weile glotzen, ehe ich mich zu ihm drehte und ihm unverwandt in die Augen sah.

Wir löffelten unsere Dessertschalen leer und tranken Calvados. Mein Mann und Sofie vertieften sich in eine Diskussion über irgendeine Popband, von der offensichtlich seit den Neunzigern niemand mehr etwas gehört hatte (ich meinerseits kannte noch nicht einmal den Namen).

»Fahrt ihr oft nach Helsingør?«, fragte ich und sah zu den Lichtern auf der anderen Seite des Wassers.

»Ab und an«, sagte Andreas.

»Sieht schön aus. Aber vielleicht ist es am schönsten aus der Ferne.«

»Wir haben ein Fernrohr.«

Er hatte sich nach vorn gebeugt und den linken Ellbogen auf den Tisch gestützt, sodass die linke Hand zum Oberschenkel hinabbaumelte.

»Willst du es sehen?«

Ich nickte. Wir erhoben uns vom Esstisch und traten vor das große Wohnzimmerfenster. Er schaltete alle Lampen ringsum aus. Dann holte er aus der Ecke beim Bücherregal ein Fernrohr samt Stativ und baute es vor dem Fenster auf.

»Die Höhe kannst du selbst bestimmen«, sagte er und bedeutete mir zu übernehmen.

Ich senkte das Stativ und legte ein Auge an das Fernrohr. Alles war verschwommen; ich trat einen Schritt zurück, um zu sehen, wo man die Schärfe einstellte, regulierte und warf einen neuerlichen Blick hinein.

Das Erste, was ich sah, war ein Containerschiff im Sund. Ohne die strategisch platzierten Strahler an Deck wäre es womöglich vollkommen mit dem blauschwarzen Meer verschmolzen. Ich bewegte das Fernrohr ein wenig nach oben, bis ich das Ufer auf der anderen Seite des Sunds sehen konnte. Die Häuser waren wie auf einer Schnur aufgefädelt – eine gewöhnliche Stadt, nichts Besonderes. Ich ließ meinen Blick über die Stadtsilhouette nach Norden wandern.

»Ich kann Schloss Kronborg sehen«, sagte ich. »Lohnt sich ein Ausflug dorthin?«

»Wenn man sich für alte Gemäuer interessiert.«

Ich lehnte mich ein wenig zurück und begegnete seinem Blick. Er hatte den Kopf leicht zur Seite geneigt, sah mich aber immer noch an.

»Ich will dir etwas zeigen«, sagte er.

Er stellte sich hinter mich, beugte sich leicht vor und blickte durch das Fernrohr, justierte es ein wenig, die Arme die ganze Zeit um mich gelegt. Ich spürte seinen Körper an meinem Rücken, sein Bart streifte meine Wange. Er verströmte einen leichten Aftershave-Duft, seine Brust war warm. Reglos stand ich da. Als er sich ein wenig nach links wandte, folgte ich seiner Bewegung. Sein Oberarm streifte leicht meinen Busen. Mein Atem wurde schwerer, und ich musste schlucken.

Im Hintergrund hörte ich Sofies Lachen und die dumpfe Stimme meines Mannes.

Er kriegt überhaupt nichts mit, dachte ich. Sitzt nur

da und isst und trinkt und glaubt, alles sei in bester Ordnung. Wie ein treuer alter Hund, der rücklings am Boden liegt und darauf wartet, dass man ihm den Bauch krault, während man mit dem Telefon in der Hand dasteht und überlegt, ob es nun Zeit ist, den Einschläferungstermin zu machen.

»Schau jetzt mal hinein!«, sagte Andreas.

Er trat einen Schritt beiseite, sodass ich durch das Fernrohr sehen konnte.

Es war jetzt wieder auf die schwedische Seite des Sunds eingestellt, genauer gesagt auf ein Wohnzimmerfenster ein paar Häuser weiter. Dahinter saß ein Paar auf dem Sofa und sah fern.

»Jetzt gerade machen sie nichts Besonderes«, sagte er, »aber manchmal ziehen sie die Vorhänge zu. Ich glaube, dann haben sie Sex. Dort auf dem Sofa.«

Ich lachte. »Und dann stehst du hier und starrst ihre Vorhänge an?«

Er machte eine ernste Miene, trotz seines Lächelns.

»Ehrlich gesagt glaube ich, sie wollen, dass man sie beobachtet.«

»Du spinnst doch«, sagte ich.

Er lachte. »Du kannst dir ja wieder das Schloss angucken, wenn dir das lieber ist.«

Ich sah wieder durch das Fernrohr. Die Frau hielt die Fernbedienung auf den Fernseher gerichtet, der Mann schien bereits weggedämmert zu sein.

»Das ist bestimmt spannender als das hier«, sagte ich und schaute trotzdem weiter hin.

Er stand so nah bei mir, leicht an einen Sessel links von uns gelehnt, dass er nur eine Hand hätte ausstrecken brauchen, um mich zu berühren. Oder ich hätte ihn berühren können. Die Frau auf dem Sofa gähnte.

»Was machst du, wenn Joakim bei seinen Meetings ist?«, fragte er.

»Nichts«, antwortete ich.

»Ich könnte morgen eine lange Mittagspause einlegen. Vielleicht könnte ich dir etwas zeigen.«

Ich richtete mich auf und fixierte ihn mit dem Blick.

»Da sind wir schon auf dem Rückweg.«

Er verschränkte die Arme vor der Brust und verzog den geschlossenen Mund zu einem schiefen Grinsen.

»Schade«, sagte er.

Ich errötete unwillkürlich und war froh, dass er die Lampen ausgeknipst hatte.

»Ja«, meinte ich. »Schade.«

»Dann müssen wir wohl jetzt einen Drink nehmen.«

Während wir zurück zum Esstisch gingen, legte er eine Hand auf meinen unteren Rücken und ließ sie flüchtig hinabgleiten, bis er den oberen Teil meiner rechten Pobacke berührte.

Vielleicht bin ich nicht mehr fünfundzwanzig, dachte ich, aber zumindest habe ich nicht solche Fettwülste wie seine Frau.

Die wiederum saß mit meinem Mann am Tisch. Ihre glühenden Wangen und glasigen Augen zeugten davon, dass die beiden inzwischen ein paar Gläser mehr intus hatten. Sie lachten über irgendetwas, worüber, konnte ich nicht sagen.

»Wir haben die Aussicht bewundert«, sagte ich, und es dauerte einen Moment, ehe sie begriffen, dass ich mit ihnen sprach.

»Ja, so was«, sagte mein Mann, um sich augenblicklich wieder Sofie zu widmen. Ich nahm das Glas, das ihr Mann mir hinhielt, und wir setzten uns ans andere Tischende.

»Wir sollten los«, sagte ich. »Joakim hat morgen in aller Herrgottsfrühe ein Meeting. Jedenfalls wenn er bis dahin wieder nüchtern ist.«

Andreas lachte. »Ich kann euch ein Taxi rufen.«

Als wir unsere Jacken überzogen, sagte mein Mann, sie sollten sich melden, wenn sie mal nach Stockholm kämen. Ich umarmte Sofie kurz und bedankte mich für das Abendessen. Ihr Mann umarmte mich und küsste mich auf die Wange. Ich spürte seinen Atem an meinem Ohr, nahm seinen Geruch wahr.

Wir kletterten auf die Rückbank, und mein Mann gab dem Fahrer die Adresse. Das Taxi fuhr die Drottninggatan entlang, während der Regen auf den Asphalt klatschte. Das Rathaus war hell erleuchtet und mutete irgendwie unheilvoll an; wie ein Schloss mit Zinnen und Türmen, nur ohne den verschnörkelten Charme alter Gemäuer.

»Von ihrer Wohnung aus konnte man Schloss Kronborg sehen«, sagte ich.

»Schloss Kronborg? Tatsächlich?«, erwiderte mein Mann.

Als wir vor dem Hotel einscherten, sah ich drinnen ein Paar vor der Tür stehen und auf die Straße hinausblicken. Typisch, dachte ich, so blockierten sie den kompletten Eingang, und bis sie begreifen würden, dass sie Platz machen mussten, damit wir hineinkämen, wären wir längst nass bis auf die Knochen. Der Mann war glatzköpfig und hatte seine übergroße Regenjacke falsch geknöpft, sodass eine der Vorderseiten höher hing als die andere. Die Frau schien im Regen gestanden zu haben, ihre nassen Locken kräuselten sich auf ihrem Gesicht. Das Taxi hielt an, und mein Mann kramte nach seinem Portemonnaie. Plötzlich bemerkte ich, dass der Mann aus der Tür auf unser Taxi zurannte.

»Dürfen wir einsteigen?«, fragte er. »Wir haben ein Taxi bei einem anderen Unternehmen bestellt, aber das scheint nicht mehr zu kommen.«

Die Fahrer winkte sie hinein, sodass wir uns anstatt im Eingang beim Aussteigen aus dem Taxi mit ihnen drängen mussten.

Als die Frau sich auf die Rückbank gezwängt hatte, drehte sie sich plötzlich zu mir und sagte: »Unsere Kinder haben die Magen-Darm-Grippe. Teenager, und trotzdem rufen sie ihre Mami an, wenn sie krank sind.«

Sie lachte, ein regelrechtes Hexenlachen, wobei sie ihre Oberlippe nach oben zog und ihr Zahnfleisch entblößte. Dann schloss sie die Tür.

Ich setzte meine Kapuze auf und rannte zum Eingang, mein Mann hinterher. Hinter uns hörte ich das Taxi einen Kavalierstart hinlegen und davonbrausen.

In der Eingangshalle plätscherte ein kleiner Wasserfall von dem Fleck an der Decke. Der rote Eimer war randvoll, daneben stand ein neuer in gelb. Wir gingen zur Rezeption.

»Wir werden morgen sehr früh auschecken«, sagte mein Mann. »Ab wann ist die Rezeption besetzt?«

»Rund um die Uhr«, antwortete der Rezeptionist, ohne von den Papieren, die vor ihm lagen, aufzublicken.

Mein Mann räusperte sich. »Wir sind gestört worden. Das Paar im Zimmer nebenan macht ordentlich Randale.«

Da hob der Rezeptionist den Blick und grinste. »Randale?«

Mein Mann schaute ihn groß an.

»Sie sind abgereist«, verkündete der Rezeptionist dann in seinem schleppenden Dialekt. »Eigentlich wollten sie noch eine Nacht bleiben, aber sie haben gerade eben ausgecheckt.«

Mein Mann und ich drehten uns um, als wollten wir schauen, ob jemand am Ausgang stand, doch außer dem Regen war nichts zu sehen. Der Rezeptionist zuckte mit den Schultern.

»Na, mir soll's recht sein. Wer bezahlt, kann tun und lassen, was er will.«

Als wir nach oben fuhren, sahen wir uns nicht an, spürten lediglich das Ruckeln des Fahrstuhls, der sich den Schacht hinaufarbeitete.

Im Zimmer angekommen, verschwand mein Mann sofort unter die Dusche. Ich ließ mich aufs Bett fallen und schloss die Augen. Wenn ich so liegen bleibe, dachte ich, schlafe ich wahrscheinlich gleich ein und wache erst auf, wenn wir losmüssen. Plötzlich klingelte mein Handy, und ich streckte mich danach aus. Eine SMS von Sofie. Sie bedankte sich für den Abend und hoffe, dass wir gut im Hotel angekommen seien. Ich konnte sie vor mir sehen, in ihrer perfekten Wohnung. Ihr perfekt gebürstetes Haar, ihre runden Brüste. Die runden Brüste, in die man am liebsten ein scharfes Messer rammen würde, bis sie schrie wie am Spieß, Hauptsache, man trieb ihr dieses treudoofe Lächeln aus, dieses glückliche Blinzeln, das in ihren Augen wie festgeklebt schien.

Ich antwortete und bedankte mich ebenfalls. Im Badezimmer rauschte das Wasser, mein Mann schraubte an den Armaturen herum. Offenbar konnte er weder die Temperatur noch den Strahl richtig einstellen. Ich schloss die Augen, das Handy an die Brust gepresst. Noch immer konnte ich Andreas' Lippen auf meiner Wange spüren, und ich stellte mir vor, er wäre hier im Zimmer und beugte sich über mich. Seine Hände auf meinem Körper. Sein harter Schwanz, der aus dem Hosenschlitz drängte. Sein Körper, noch immer bekleidet, der sich an meinem rieb. Ich knöpfte die Hose auf und ließ eine Hand in den Slip gleiten. Ich sah sein Gesicht vor mir, seinen eindringlichem Blick, wie er vor dem Fenster gestanden und gesagt hatte, er wolle mir etwas zeigen. Draußen die Silhouette von Helsingør, die sich vor dem nachtschwarzen Himmel abzeichnete, die aus- und einfahrenden Fähren. Mit der anderen Hand griff ich nach dem Handy, um die SMS-Unterhaltung noch einmal zu lesen, während ich mich gleichzeitig berührte. Da war etwas mit Sofies höflichem, freundlichem Ton, etwas, das mich reizte, wie ich so dalag und an ihren Mann dachte. Ich führte zwei Finger ein und musste mich auf die Seite wälzen, um noch eine SMS an sie tippen zu können: *Sei mir nicht böse, aber ich glaube, du solltest deinen Mann im Auge behalten.* Innerlich brach ich in Gelächter aus und sah ihr erschrockenes Gesicht vor mir, während ich mit dem Daumen an meiner Klitoris herumspielte und dann – ja, dann drückte ich auf Senden.

Das Telefon blieb still. Mein Mann hatte inzwischen die Dusche abgestellt. Er summte dort drinnen, das hatte ich schon lange nicht mehr von ihm gehört. Ich zog die Hand aus dem Slip. Jeden Moment würde er aus dem Bad kommen, kurz mit seinem vom warmen Wasser krebsrot angelaufenen Körper dastehen und sich dann neben mich wälzen. Ich knöpfte die Hose zu und brachte meine Haare in Ordnung.

Da klingelte das Telefon erneut. Eine SMS von Sofie. Meine Wangen wurden heiß, womöglich würde sie um eine Erklärung bitten, sagen, ich sei unverschämt, eine verfluchte Schlampe, die sich von ihrem perfekten Gatten fernhalten solle. Ich öffnete die Nachricht.

Sei mir nicht böse, schrieb sie, *aber das solltest du vielleicht auch.* Und ein Smiley.

Mein Mann kam aus dem Badezimmer, ein Handtuch locker um den Wanst geschlungen. Weiter unten zeichnete sich eine Beule ab. Ich starrte ihn an.

In jener Nacht trieben wir es wie die Karnickel, und wir mussten laut lachen, als wir hörten, wie auf der anderen Seite der Wand ein Bild zu Boden krachte.

DER MUT DES HASEN ZU WARTEN

Der Augustmorgen ist immer noch dunkel, und die Trockenheit der Sommerferien wurde von Regen abgelöst. Mariette legt ihre Brotdose auf den Beifahrersitz und fährt zur Arbeit.

Die anderen sitzen in der Personalküche um den Tisch und haben ihre Arbeitspläne vor sich ausgebreitet. Mariette grüßt in die Runde und schenkt sich Kaffee ein.

»Wie ist es mit dem Hof weitergegangen?«, fragt Annelie.

»Nichts Neues.«

»Das ist die Krise«, sagt Linda. »Das gibt sich bald.«

Mariette nickt.

»Übernimmst du Holger?«, fragt Anneli. »Er hat über den Sommer noch mehr abgebaut.«

»Ja, das tun sie ja meistens.«

Sie setzt sich auf ihr Fahrrad, fährt zwischen den Häusern entlang und ins Wohngebiet.

Astrid ist geschrumpft, seit Mariette sie zum letzten Mal gesehen hat. Sie wirkt kleiner, wie sie dort in der Tür steht, dünner und zerbrechlicher.

»Kommen Sie herein«, sagt sie. »Er ist wach.«

Astrid erkundigt sich nach den Ferien, und sagt, dieser

Sommer, was sei das nur für ein Sommer gewesen, die Landwirte hätten wohl schwer unter der Trockenheit gelitten. Mariette antwortet knapp, danke der Nachfrage und ja, der wärmste Sommer seit Menschengedenken, und so sei es nun mal, die Landwirte hätten es immer schwer. Dann geht sie zu Holger.

Das Zimmer ist schummerig, die Luft stickig.

»Sollen wir nicht mal das Fenster aufmachen?«, fragt sie.

»Nein, dann zieht es!«

Seine Stimme klingt dünn und krächzend. Sie schaltet stattdessen das Licht an.

»Wie geht es uns denn heute?«, fragt sie, während sie sich die Latexhandschuhe überstreift.

»Lebe ich?«

»Sieht ganz so aus.«

Sie schlägt die Decke beiseite und hilft ihm zu seinem Rollator. Im Badezimmer wirft sie die Windel in eine Plastiktüte, verknotet diese, und während er auf der Toilette sitzt, macht sie sein Bett. Anschließend hilft sie ihm beim Anziehen und folgt ihm langsam in die Küche.

»Jetzt kann ich nicht mehr«, sagt er auf halbem Weg im Flur, und sein Oberkörper sackt ein wenig über dem Rollator zusammen.

»Dann gibt es kein Frühstück«, sagt sie.

Er stöhnt und geht einige Schritte weiter. Kurz darauf lässt er sich auf den Stuhl in der Küche sinken, an seinen Platz, wo Astrid schon eine Schale mit Haferbrei hingestellt hat.

Als Mariette die Haustür hinter sich geschlossen hat, steckt sie sich eine Zigarette an. Sie stellt sich unter das kleine Vordach und nimmt ein paar Züge. Es regnet wieder: ein grauer Sprühregen, fast so fein wie Nebel. Vor dem Haus gegenüber liegt ein Kinderfahrrad auf dem Boden. Am Gepäckträger ist ein orangefarbener Wimpel befestigt, dessen lange Plastikstange sich gegen einen Busch biegt. Eine krumm gewordene Warnung. Sie wirft einen Blick auf die Uhr, beugt sich hinab und drückt die Zigarette an einer Kiesplatte aus. Den halb gerauchten Stummel legt sie wieder ins Päckchen. Sie zieht die Jacke zu, schwingt sich auf den Sattel und fährt zum nächsten Arbeitsplatz.

Am Abend sitzt Tommy mit seinen Aktenordnern und seinem Minitaschenrechner am Küchentisch. Bessie liegt zu seinen Füßen: Ihre spitze Schnauze ruht auf den Tatzen, doch ihr Blick ist wachsam.

»Wir müssen auf den Schnee hoffen«, sagt er. »Dass es viel zu räumen gibt. Vielleicht erhöht die Straßenverkehrsbehörde auch die Vergütung. Die Verhandlungen laufen gerade.«

»Sie sagen, dass es ein milder Winter wird.«

Er wirft ihr einen finsteren Blick zu und beugt sich zum Hund herab, der sich sofort auf den Rücken dreht, um sich von seinen Händen kraulen zu lassen. Sie beobachtet die beiden für einen Moment, seine groben Finger in dem weichen Pelz, die über den ganzen Tisch verteilten Blätter mit seinen Berechnungen. Dann geht sie in den Flur, zieht sich ihre Clogs an und tritt hinaus.

Die Hühner haben sich schon auf ihren Schlafstangen niedergelassen. Sie zählt sie. Eins fehlt, aber sie weiß, wo es ist. Sie beugt sich zum Brutkasten hinab. Das Huhn duckt sich flach auf die Strohhalme und öffnet blinzelnd ein Auge, als es Mariette bemerkt.

»Dumm wie Bohnenstroh bist du. Du verstehst doch wohl selbst, dass nichts daraus wird.«

Sie schiebt die Finger unter das Huhn und kann gerade noch eines der warmen Eier ertasten, als das Huhn sich umdreht und sie mit seinem messerscharfen Schnabel attackiert. Hastig zieht Mariette die Hand zurück. Während sie sich die schmerzende Haut reibt, sagt sie: »Jetzt hackst du auch noch. Vielleicht sollte man dich einen Kopf kürzer machen.«

Das Huhn und sie starren sich an.

Irgendetwas haben die Augen von Hühnern an sich, denkt sie, etwas Neugieriges und zugleich Entschlossenes. Es ist ein Blick, der nicht viel erfasst, aber trotzdem nicht ausweicht oder aufgibt.

Das Huhn plustert sich auf und rührt sich nicht vom Fleck. Es legt den Kopf schief, als würde es horchen. Nicht einmal mehr der Nachbar hat noch einen Hahn. Trotzdem hockt dieses Huhn da, als würde es darauf warten, dass jemand krähte, als wäre das Geräusch wirklich da, wenn man nur genau hinhört. Als würde in den leeren Eiern doch etwas wachsen.

Aber natürlich gibt es nichts zu hören. Mariette löscht das Licht im Hühnerhaus und schließt sorgfältig die Tür hinter sich. Dann geht sie ins Haus und setzt den Abendkaffee auf.

Tags darauf erzählt sie in der Personalküche vom Huhn, das so stur auf den unbefruchteten Eiern gluckt.

»Sie können sich zu Tode brüten«, sagt Linda. »Sie hocken da, bis die Küken schlüpfen, und wenn keine Küken kommen, tja, dann hören sie nie mit dem Brüten auf. Du musst die Eier wegnehmen.«

Anneli steht im Flur und steigt in ihre Regenhose.

»Warum habt ihr euch keinen neuen Hahn zugelegt?«, fragt sie.

Mariette wendet sich zum Fenster ab. »Wir verkaufen doch sowieso.«

»Ihr hättet euch doch einen halten können, bis ihr den Hof verkauft habt«, sagt Anneli.

»Weißt du, dass die Eier am Ende explodieren?«, fragt Linda. »Wenn in dem Ei nichts ist, was sich entwickeln kann, verfaulen sie nach und nach in der Hitze, die sich unter dem Huhn bildet. Und dann explodieren sie.«

Linda lacht.

»Igitt, das stinkt so dermaßen! Ich würde es nicht darauf ankommen lassen.«

»Aber es ist nicht gesagt, dass es hilft, ihm die Eier wegzunehmen«, sagt Ingela. »Wir hatten mal ein Huhn, das hat sogar einen Stein bebrütet. Wenn sie einmal fest entschlossen sind, lassen sie sich kaum davon abbringen. Wenn du willst, kannst du ein paar befruchtete Eier von mir haben und versuchen, sie ihm unterzuschieben.«

Anneli kramt zwischen den Schlüsseln im Schlüsselkasten.

»Schlag ihm den Kopf ab, Mariette«, sagt sie. »Mach kurzen Prozess.«

Mariette geht zum Fahrradständer und trocknet mit ihrem Jackenärmel den Sattel. Die Sonne bricht durch die blauschwarzen Wolken. Als sie zu Holger radelt, riecht sie den Asphalt; diesen Duft, wenn die Feuchtigkeit in der Spätsommerwärme verdunstet.

»Zeit aufzustehen«, sagt sie, nachdem sie das Licht in Holgers Zimmer eingeschaltet hat.

»Wozu soll das gut sein?«, fragt er und macht seine Augen wieder zu.

»Was heißt schon ›gut sein‹. Immerhin scheint heute die Sonne.«

Als Holger die Augen noch fester zusammenkneift, geht sie zu ihm und zieht ihm die Decke weg.

Am Nachmittag kauft sie für Ragnhild ein. Als sie mit den Einkaufstüten kommt, schließt Ragnhild schnell die Tür auf und eilt dann ins Wohnzimmer.

»Stellen Sie die Sachen einfach in die Küche!«, ruft sie.

Nachdem Mariette die Lebensmittel eingeräumt hat, geht sie auch ins Wohnzimmer.

Ragnhild sitzt auf dem Gobelinsofa und hält ihr Ohr dicht an die grüne Damasttapete. Sie lächelt und hat ihren Blick in die Ferne gerichtet.

»War heute sonst noch etwas?«, fragt Mariette.

Ragnhild winkt mit ihrer dünnen Hand ab.

»Pssst. Ich horche gerade.«

Mariette verschränkt die Arme und wartet, aber Ragnhild scheint sie kaum zu bemerken, also sagt sie nichts weiter. Als sie geht, schließt sie die Tür mit dem Ersatzschlüssel ab.

»Wie war Ragnhild heute so?«, fragt Annelie, als sie vor dem Büro eine letzte Feierabendzigarette rauchen. »Verrückt wie immer?«

»Das kann man wohl sagen. Aber auch nicht schlimmer als die anderen.«

Anneli lacht, bis sie husten muss. Der Rauch quillt ihr aus den Nasenlöchern.

Am Abend steht Mariette vor dem Spiegel im Schlafzimmer und zieht sich aus. Ihre Kleidung hängt sie über die Stuhllehne. Sie behält die Unterwäsche an und betrachtet sich selbst: die schweren Brüste im weißen BH und der Bauch, der über den Rand des Slips quillt.

»Was für ein Mist, alt zu werden«, sagt sie.

Tommy liegt im Bett und löst Kreuzworträtsel. Ohne von seiner Zeitschrift aufzusehen, sagt er: »Das ist doch wohl immer noch besser als die Alternative.«

Sie streckt die Arme zur Seite und sieht, wie schlaff das Fleisch herunterhängt.

»Da bin ich mir nicht sicher.«

Am Donnerstag ist Holgers Duschtag, und sie erklärt sich bereit, die Schicht zu übernehmen.

»Ach, Sie kommen heute«, sagt Astrid, als sie die Tür aufmacht. »Das ist ja schön.«

Mariette hilft Holger aus dem Bett, und als er sich den Pyjama ausgezogen hat, setzt er sich auf den Duschstuhl.

»Es ist kalt«, sagt er.

»Gleich ist es geschafft.«

»Was für ein Glück.«

Sie testet mit der Hand, ob das Wasser warm genug ist, und dann duscht sie ihn ab. Lässt ihn den Brausekopf halten, während sie Duschgel auf den Waschschwamm gibt.

»Heute wird doch überall gewaschen?«, fragt Holger mit einem breiten Grinsen.

»Das können Sie selber machen«, sagt Mariette und reicht ihm den Schwamm.

Er nimmt ihn entgegen und fährt sich damit über den Körper, bis die ganze Brust und die Oberschenkel mit weißem Schaum bedeckt sind. Dann führt er den Schwamm zwischen die Beine und bewegt ihn vor und zurück, bis er ihm aus der Hand rutscht und auf die Plastikmatte fällt.

Mit seinen rot gefleckten Fingern fasst er sich ans Geschlecht. Es ist so verschrumpelt, dass man es zwischen dem grauen Haarbüschel kaum sehen kann.

»Fass mich an«, sagt er und sieht Mariette an wie ein bettelnder Hund.

»Einen Teufel werde ich tun«, sagt sie.

»Nur einmal. Nur einmal, bevor das ganze Elend endlich vorbei ist. Ich will doch nur, dass mich jemand anfasst.«

»Das wollen viele.«

Als Holger wieder angezogen in seinem Sessel im Wohnzimmer sitzt, sagt Astrid, sie habe gerade Kaffee gekocht.

»Das schaffe ich nicht mehr«, sagt Mariette. »Ich muss zu einem Patienten, der seine Medikamente braucht. Und den Urinbeutel muss ich auch wechseln.«

Astrids Augen werden plötzlich wässrig. »Ich dachte, wenigstens eine Tasse könnten Sie noch mit mir trinken.«

Die Haut an ihren Händen ist so dünn, dass sie eher bläulich als rosa aussieht.

»Nehmen Sie doch schon mal Platz«, sagt Mariette. »Dann schenke ich uns ein.«

Sie sitzen mit ihren Tassen am Küchentisch.

»Es ist so eine Erleichterung, wenn Sie kommen und ihm beim Duschen helfen«, sagt Astrid. »Die Urlaubsvertretungen waren fleißig und freundlich, aber so jung …«

Sie senkt den Blick.

»Ich möchte nicht, dass er ihnen Angst macht.«

Mariette starrt in ihre Tasse. Sie kann den Boden durch den Kaffee sehen, aber sie hat schon schlechteren getrunken.

»Wissen Sie«, sagt Astrid, »dass Holger Filialleiter in einer Bank war. Dreiundzwanzig Angestellte hatte er unter sich. Er hat immer einen Anzug getragen. Jeden Abend habe ich ihm ein frisches Hemd gebügelt, und seine Seidenkrawatten hat er bei einem Herrenausstatter in Stockholm gekauft. Er ist oft hochgefahren, wenn er Besprechungen in der Hauptfiliale hatte.«

An der Wand hängt ein Schwarz-Weiß-Foto von einem jungen Mann. Astrids Unterlippe beginnt zu zittern.

»Ich hätte nie gedacht, dass ich mich einmal für ihn schämen müsste. Alte Männer, die immer noch ... Ich will nicht, dass er die jungen Mädchen erschreckt mit seinen ...«

Sie hebt ihre Tasse und trinkt mit zitternder Hand. Vorsichtig stellt sie die Tasse wieder ab und sieht Mariette mit glänzenden Augen an.

»Aber Sie wissen wenigstens, wie Sie sich ihm gegenüber verhalten müssen.«

Mariette nimmt die Tassen und geht zur Spüle.

»Bei den Männern ist es das Letzte, was stirbt«, sagt sie. »Wenn alles andere weg ist, dann ist es immer noch da.«

Astrid nickt, und Mariette stellt die sauberen Tassen ins Abtropfgestell.

»Bei den Frauen ist es umgekehrt«, fährt sie fort und wendet sich lächelnd zu Astrid. »Da ist es das Erste, was verschwindet.«

Plötzlich nehmen Astrids blasse Wangen Farbe an, ein Lachen entfährt ihr, und als wollte sie es verbergen, schlägt sie die Hände vors Gesicht.

Auf dem Heimweg fährt Mariette an einem grün glänzenden Mähdrescher vorbei, der die strohgelben Ähren mäht. Er sieht nagelneu aus, ganz und gar nicht wie ihr alter roter, den sie letzten Winter verkauft haben. Als sie auf den Hof einbiegt, ist Tommy gerade dabei, die Gartenmöbel zusammenzuklappen. Bessie liegt neben ihm und kaut auf einem langen Stock herum.

»Es wird allmählich Herbst«, sagt er und lehnt die Stühle an die Hauswand. »Ich dachte, wir sollten noch bis September abwarten. Danach können wir die Anzeige genauso gut zurücknehmen.«

»Hast du mit der Bank geredet?«

»Was soll die Bank schon sagen? Im Winter kann man sowieso nichts verkaufen.«

»Der Makler hat gesagt, es wäre schwer, aber nicht unmöglich.«

»Das ist doch wohl verdammt noch mal ein und dasselbe!«

Als Bessie seine scharfe Stimme hört, sträubt sie das Nackenfell und knurrt. Innerhalb von Sekunden verzerrt sich sein Gesicht so sehr, dass es kaum wiederzuerkennen ist. Sie will etwas sagen, aber sein Blick ist kohlschwarz, und er würde in diesem Moment sowieso alles in den falschen Hals bekommen. Stattdessen geht sie an ihm und der Hündin vorbei und schweigt, registriert lediglich, dass Bessie sie ansieht und die Zähne fletscht. Im Haus zieht sie sich langsam um und geht dann hinaus und säubert das Hühnerhaus.

Das Huhn hockt immer noch im Brutkasten.

»Bestimmt explodiert das Ei bald«, sagt sie zum Huhn. »Und dann muss ich den ganzen Dreck wegmachen.«

Das Huhn gibt einen warnenden Laut von sich und schlägt die Flügel ums Ei. Mariette hält mit der Schaufel inne. Dann geht sie zum Futtertrog, nimmt eine Handvoll Körner heraus und streut sie neben das Huhn.

»Vor unseren Augen verhungern sollst du ja auch nicht.«

Als sie aus dem Hühnerhaus kommt, sieht sie, dass Tommy auf dem Weg in den Wald ist. Er hat sich das Gewehr über die Schulter gelegt, und Bessie folgt ihm mit aufgestelltem Schwanz.

»Wo willst du hin?«, ruft sie ihm nach, aber er hört sie nicht oder will sie nicht hören, jedenfalls bekommt sie keine Antwort.

In dieser Nacht liegt sie allein im Bett. Vielleicht sollte sie Per anrufen, Tommy und er gehen manchmal zusammen jagen. Aber Per muss wohl auch früh aufstehen und zur Arbeit fahren. Er ist bestimmt nicht mitten in der Nacht im Wald.

Der Wind rüttelt am Haus. Sie zieht die Decke fester um sich.

Nachts jagt man Füchse, denkt sie. Deshalb ist man mitten in der Nacht mit einem Gewehr unterwegs. Sie hat zwar lange keinen Fuchs mehr gesehen, aber es gibt sie ja trotzdem da draußen. Man kann trotzdem draußen unterwegs sein und sie jagen.

Als sie aufwacht, sieht sie einen dunklen Schatten am Fußende des Betts. Hastig setzt sie sich auf.

»Herrgott, hast du mich erschreckt.«

Tommy steht einfach nur da. Er scheint immer noch seine Jacke und seine Schuhe anzuhaben.

»Ich verkaufe nicht«, sagt er.

Sie blinzelt ihn an und folgt den Konturen seines Körpers in der dicken Jacke. Hat er etwas über der Schulter?

Etwas in den Händen, das er gegen den Oberkörper drückt? Das Gewehr? Es lässt sich nicht erkennen im trüben Mondlicht, das durch die Gardinen hereinsickert und kommt und geht, als würden die Wolken über den Nachthimmel huschen.

»Wie viel Uhr ist es eigentlich«, fragt sie und dreht sich zum Nachttisch. »Nicht mal halb fünf, das kann man kaum als Morgen bezeichnen.«

»Hörst du, was ich sage!«

Er steht mit durchgestrecktem Rücken da, fast wie beim Appell. Sie kann sein Gesicht nicht sehen, es ist von Schatten bedeckt. Sie fragt sich, ob er ihres sehen kann. Steht er dort und sieht sie an, oder starrt er nur geradeaus, geradeaus in etwas, von dem sie nicht sagen kann, was es ist? Es ist so dunkel im Raum, das ganze Haus ist dunkel. Sie versucht ihre Gesichtszüge zu ordnen.

»Wo wir jetzt sowieso alle wach sind«, sagt sie, »kann ich genauso gut Kaffee aufsetzen.«

Ihre Betthälfte liegt näher an der Tür, sodass sie auf dem Weg hinaus nicht an ihm vorbeimuss. Mit möglichst sicheren Schritten geht sie durch den Flur und das Wohnzimmer, doch als sie in die Küche kommt, spürt sie, wie die Beine unter ihr nachgeben. Sie hält sich am Tisch fest, um nicht umzufallen, und steht lange so da. Mit Mühe und Not gelingt es ihr, sich auf einen der Holzstühle zu setzen. Sie versucht, ihre Atmung unter Kontrolle zu bringen, ein, aus, ein, aus. Das Blut kehrt wieder in ihren Kopf zurück, und sie lässt die Stirn auf ihre Hände sinken. Draußen vor dem Fenster ist es stockfinster und im Haus mucksmäuschenstill.

Als es fast halb sechs ist, nimmt sie eine Kaffeetasse

und geht zurück ins Schlafzimmer. Tommy liegt angezogen auf der Bettdecke und schnarcht. Vorsichtig schließt sie die Tür und lässt ihn in Ruhe.

Sie verlässt das Haus, sie muss raus, geht quer über den Hof und zu den Hühnern. Sie füllt das Futter nach und öffnet die Klappe, damit sie hinauskönnen, wenn sie wach werden.

Im nächsten Moment sieht sie etwas im Augenwinkel. An einer Schlinge, die an einem Balken in der Scheune festgemacht ist, hängt ein toter Hase. Es ist also doch kein Fuchs geworden. Die Augen des Hasen sind schwarz und blank. Mariette berührt sein Fell.

Die Verteidigung des Hasen besteht darin, still liegen zu bleiben, wenn Gefahr droht, denkt sie. Er macht sich so unsichtbar wie möglich, ganz dicht an den Boden gepresst nimmt er die Geräusche und Düfte der Füchse oder Jäger wahr, die sich in seiner Nähe bewegen. Solange er nicht entdeckt wird, ist das seine beste Verteidigung. Ein Hase muss allerdings auch erkennen, wann es an der Zeit ist, sich aufzurichten und zu flüchten. Wann die Gefahr zu dicht herankommt. Doch genau dann, wenn er losrennt, wird er sichtbar und man kann auf ihn zielen. Dieser Hase muss so losgerannt sein, dass Tommy ihn erschießen konnte, zu früh ist er gerannt. Er hatte nicht den Mut zu warten.

Sie geht wieder hinaus auf den Hof. Die Luft ist kalt und klar, und trotzdem fällt ihr das Atmen schwer. Sie wirft einen Blick auf die Uhr und denkt, dass sie früher zur Arbeit fahren kann. Dass sie sich in die Personalküche setzen kann, bis es so weit ist.

Heute ist Putztag bei Ragnhild. Mariette fährt gemeinsam mit Linda dorthin. Ragnhild sitzt mit Papilotten im Haar am Küchentisch. Sie räumen den Staubsauger und den Wischmopp hervor. »Rauchen Sie?«, fragt Ragnhild.

»Riecht man das?«, fragt Mariette.

»Können Sie sich nicht zu mir setzen? Setzen Sie sich doch an den Tisch und rauchen Sie eine Zigarette.«

»Möchten Sie auch eine?«

Ragnhild lacht. »Nein, dieses Gift würde ich niemals anrühren. Aber ich hatte mal einen Liebhaber. Der hat immer geraucht, bevor er wieder ging.«

»Einen Liebhaber?« Mariette hat das Päckchen herausgeholt, hält jedoch inne. »Sie waren doch verheiratet.«

»Genau das habe ich ja gesagt. Einen Liebhaber!«

Mariette steht direkt gegenüber der runzeligen Frau mit den Papilotten. Auf dem Tisch liegt die Dosierhilfe mit den vielen Tabletten, und Ragnhild riecht nach altem Parfüm und eingetrocknetem Urin. Linda hat schon angefangen, das Bad zu wischen. Sie summt dort drinnen, das Wasser rauscht. Mariette müsste ihr helfen, damit sie rechtzeitig zu ihrer nächsten Station kommen, aber Ragnhild zeigt auf den Stuhl. Sie soll sich setzen. Mariette legt ihre Hand über die Kitteltasche und spürt plötzlich ihren Herzschlag. Es pocht in ihr. Sie holt das Feuerzeug heraus, lässt sich auf einem Küchenstuhl nieder und nimmt einen Zug. Ragnhild schließt die Augen und atmet ein.

»Am Ende ist er gestorben. Der Liebhaber. Aber ich denke oft an seine Hände.«

Mariette bleibt am Tisch sitzen, und Ragnhild lächelt, während sie den Rauch einatmet und langsam den Kopf bewegt, als hörte sie Musik. Mariette nimmt tiefe Züge, um schnell bis zum Filter vorzudringen.

»Sitzt du einfach nur hier rum?«

Linda ist in der Tür aufgetaucht, ihre Augenbrauen sind hochgezogen.

»Ich wollte gerade mit dem Staubsaugen anfangen«, sagt Mariette und drückt die Zigarette aus.

Als sie aufbrechen wollen, winkt Ragnhild sie zu sich. Sie hat sich auf das Sofa im Wohnzimmer gesetzt. Ihr Haar ist gekämmt und gerichtet, und sie hat den Morgenmantel gegen ein Kleid getauscht.

»Jetzt sind sie wieder da«, sagt sie und lacht fast wie ein Kind.

»Soso«, sagt Mariette. »Wir gehen jetzt.«

Ragnhild streckt den Kopf noch mehr zur Wand. »Kommen Sie, hören Sie mal.«

Mariette zögert.

»Also, ich fahre jetzt!«, ruft Linda aus dem Flur.

»Bis gleich!«, ruft Mariette.

Dann setzt sie sich neben Ragnhild aufs Sofa.

»Sie müssen den Kopf dranlegen«, sagt Ragnhild.

Sie sitzen mit ihren Ohren an der Wand.

Auf der anderen Seite ist nur das Bad, denkt Mariette und hört nichts.

»Jetzt!«, sagt Ragnhild mit leuchtenden Augen.

Mariette lauscht. Es ist vollkommen still. Höchstens ein Knacken. Sie konzentriert sich. Vielleicht hört sie doch etwas, vielleicht ist da etwas.

»Es ist ein Wanderzirkus«, sagt Ragnhild. »Und ein Polizist. Sie kommen bald. Bald kommen sie und nehmen mich mit. Hören Sie, wie die reden! Sie haben es schon mehrmals gesagt. Dass ich mitkommen soll.«

Sie spricht schneller als sonst. Ihre Wangen sind gerötet. Mariette legt eine Hand auf die Wand und bewegt ihren Kopf ein Stück weg.

»Da laufen wohl Leitungen durch die Wand«, sagt sie. »Es könnten die Abflussrohre sein.«

»Sie können jeden Tag hier sein! Bald! Ich habe schon meine Tasche gepackt.«

Ragnhild kichert. Sie sitzt da mit ihrem fettigen, frisch frisierten Haar in ihrem stinkenden Kleid, und ein Stützstrumpf sitzt schief, aber ihr Gesicht strahlt wie das eines jungen Mädchens, das gerade sein Abitur bestanden hat und auf der Schultreppe steht und darauf wartet, dass die Welt es mit offenen Armen empfängt.

Ragnhild legt ihre Hand auf Mariettes Hand.

»Sie werden meinem Sohn doch nichts erzählen?«, fragt sie. »Er macht sich immer solche Sorgen. Er sagt, ich solle nirgendwo hinfahren. Sie verraten ihm doch nichts?«

Mariette drückt Ragnhilds knochige Hand.

»Nein«, sagt sie. »Ich verrate nichts.«

Nach der Arbeit fährt sie auf der großen Straße nach Hause. Ein Traktor mit einem Anhänger voller Heuballen schleicht vor ihr her, und sie muss abbremsen. Sie bemüht sich, nicht die Geduld zu verlieren, und setzt immer wieder zum Überholen an, aber die Straße ist zu kurvig. Die Sonne fällt von vorn durch die Windschutzscheibe, und obwohl sie den Sonnenschutz herunterklappt, wird sie geblendet. Sie kneift die Augen zusammen und spürt, wie es ihr die Wangen hinunterrinnt, und sie fährt sich mit dem Handrücken darüber, aber es hört nicht auf. Sie räuspert sich. Plötzlich spürt sie, wie es auch tief aus dem Hals kommt, wie sich ihre Brust zusammenzieht und ihr

Gesicht zuckt. Es kommt einfach über sie, und sie kann es nicht zurückhalten. Ihre Schultern beben. Sie versucht dem Heuwagen zu folgen, aber sie kann nichts mehr sehen und weiß nicht, wohin sie gerade fährt. Also hält sie am Straßenrand und stellt den Warnblinker an. Klammert sich ans Lenkrad und spürt, wie ihr schwarz vor Augen wird und der Schweiß rinnt.

Der Hofplatz ist leer, als sie schließlich nach Hause kommt. Tommys Auto ist weg und das Haus abgeschlossen. Sie nimmt den Staubsauger und übertönt mit seinem Lärm all das, was ihr durch den Kopf geht.

Als die Dämmerung hereinbricht, geht sie hinaus und macht die Tür des Hühnerstalls zu. Sie dreht eine Runde durch die Scheune, ohne den schwarzäugigen Hasen am Strick anzusehen. Dann setzt sie ihren Weg in die Tischlerwerkstatt fort und öffnet einen Schrank nach dem anderen. Die Motorsäge liegt nicht an ihrem Platz, und der Gehörschutz ist auch weg. Er wird wohl im Wald sein. Etwas fällt von ihr ab, und sie geht ins Haus und stellt den Fernseher an.

Am Morgen kocht sie für sie beide Kaffee. Tommy sitzt in seiner Arbeitskleidung am Küchentisch.

»Fährst du in den Wald?«, fragt sie.

»Ich habe Anders ein bisschen Brennholz für seinen Heizkessel versprochen.«

Sie nimmt ihre Brotdose aus dem Kühlschrank und nickt, während sie nach den richtigen Worten sucht.

»Was bekommst du denn dafür?«, fragt sie am Ende.

»Irgendetwas wird schon dabei herausspringen. Oder er hilft mir hier auf dem Hof etwas aus.«

Sie muss sich beherrschen, um nichts zu sagen. Vielleicht sieht er es ihr an, denn er springt hastig auf und geht hinaus.

In der Personalküche steht Linda und stemmt die Hände in die Hüfte.

»Du kannst wirklich froh sein, dass ich der Leitung nicht gemeldet habe, was gestern vorgefallen ist.«

Mariette füllt ihre Kaffeetasse. »Was wolltest du denn melden?«

»Bei einem Pflegling in der Küche sitzen und rauchen! Also wirklich, Mariette. Während ich mich mit dem Putzen abmühe.«

»Sie wollte mir etwas erzählen. Aus ihrer Jugend.«

»Erzählen!« Linda schnaubt verächtlich. »Du weißt doch wohl, dass wir zum Putzen da waren. Ich will es nicht ausbaden müssen, wenn du trödelst.«

Mariette schaut sich im Raum um. Sie sieht zu Annelie, die immer noch am Kühlschrank steht, nachdem sie ihr Essen hineingeräumt hat. Zu Ingela, die das Gesicht zum Schlüsselschrank gewandt hat.

»Ich finde, wir sollten mehr mit ihnen reden«, sagt sie. »Vielleicht werden sie dann auch nicht so verrückt.«

Die anderen sagen nichts.

»Und wenn ich heute zu Holger gehe, werde ich Astrid sagen, dass sie sich öfter zu ihm setzen soll. Und ihn vielleicht sogar anfassen.«

Annelie seufzt. »Dafür ist es wohl zu spät. Er wurde gestern mit dem Krankenwagen abgeholt. Wahrscheinlich ein neuer Schlaganfall. Bald können wir ihn von der Liste streichen.«

Der Augustwind hat aufgefrischt und drückt sie in alle möglichen Richtungen, als sie durch den Ort fährt. Sie verteilt Medikamente, wärmt Essen auf, wischt Hintern ab und wechselt Urinbeutel. Als sie zum Auto zurückradelt, um nach Hause zu fahren, kommt sie an Holgers Haus vorbei. Astrid steht gegenüber auf dem Bürgersteig, wo eine Mutter in die Hände klatscht, während ihre kleine Tochter auf dem Fahrrad mit dem orangefarbenen Wimpel den Weg hinabschlingert. Mariette sieht, dass die beiden sich unterhalten, Astrid und die Mutter. Astrid trägt einen roten Mantel, und der Wind zersaust ihr das Haar. Sie lacht und legt die Hände darauf, doch die grauen Strähnen fliegen in alle Richtungen und kräuseln sich, sie wollen ganz und gar nicht glatt liegen. Ihre Wangen sind rosig. Sie sieht glücklich aus.

Als Mariette nach Hause kommt, ist Tommys Auto wieder weg. Sie bleibt eine Weile bei abgestelltem Motor sitzen. Dann dreht sie den Zündschlüssel um, setzt zurück und fährt los in Richtung Wald.

Sie parkt das Auto auf der Lichtung und folgt dem Pfad, der tiefer zwischen die Bäume hineinführt. Im Wald hört man Schläge, ein rhythmisches Klopfen.

Tommy steht mit erhobener Axt da. Voller Kraft schwingt er sie auf das Holzscheit vor sich, das von der scharfen Schneide gespalten wird. Der Schweiß läuft ihm übers Gesicht. Mariette wartet.

»Was ist denn?«, sagt er und hebt die Axt erneut.

»Kommst du zum Abendessen nach Hause?«

»Ich muss erst den Holzschuppen füllen. Bald haben wir auch für den nächsten Winter genug.«

»Musst du das denn jetzt machen? So lang im Voraus?«

»Man weiß nie, was passiert«, sagt er und legt ein neues Scheit vor sich. »Falls man krank wird. Oder etwas dazwischenkommt. Da kann man genauso gut vorbereitet sein.«

»Du weißt, was ich meine.«

Er steht mit der Axt im Anschlag da und fixiert sie.

»Soll ich so leben, als wäre alles schon weg? Ist es das, was du mir sagen willst?«

Die Axt schnellt durch die Luft und trifft das Holz mit solcher Wucht, dass das Krachen zwischen den Bäumen widerhallt. Sie würde sich am liebsten die Ohren zuhalten, zwingt sich jedoch dazu, es sein zu lassen. Das Blatt der Axt steckt im Holz fest, und er schwingt das ganze Scheit über den Kopf und haut es auf den Boden. Trotz des Kraftaufwands bewegt sich die Axt kein bisschen. Er hebt das Scheit erneut.

»Du glaubst, ich wäre ein Idiot. Dass ich nicht kapiere, dass sowieso alles den Bach runtergehen wird«, sagt er. Sein Gesicht ist rot von der Anstrengung, und sein Haar klebt an der Stirn. Ein Stück vom Hackklotz splittert ab, als er das Holzscheit darauf schlägt. Tommy zieht die Axt heraus und haut sie an einer anderen Stelle ins Holz.

»Aber wenigstens lebe ich«, sagt er. »Ich hoffe, und ich lebe. Ich bin nicht tot, so wie du.«

Mit vollem Körpereinsatz holt er erneut Schwung. Mariette sieht die Bewegung und die Kraft, die ihn erfüllt. Dann kracht es erneut, und Tommy wird nach hinten geschleudert.

Er hält sich die Hände vors Gesicht. Zwischen seinen Fingern quillt Blut hervor.

»Du liebe Güte!«

Sie stürmt zu ihm, und er taumelt zurück und lässt sich auf den Boden plumpsen. Sie kniet sich neben ihn und versucht seine Hände wegzuziehen, um zu sehen, wie schwer er verletzt ist.

»Fass mich nicht an!«

Er stößt sie beiseite. Sie weicht zurück und stützt sich mit den Händen ab, um nicht hintenüberzufallen. Er hat eine tiefe Schnittwunde über dem Wangenknochen, und das Blut läuft ihm übers ganze Gesicht.

»Fass mich nicht an.«

Sie sieht ihm in die Augen, in seinen abgrundtiefen Blick. Sie beugt sich vor, hält ihm stand. Hält diesem Blick stand, der so wirkt, als wolle er sie in Stücke reißen, und im selben Moment löst sich etwas darin.

Tommy legt seine Wange an ihre. Sie spürt das Blut, das über seine Haut rinnt, und fährt mit den Fingern durch sein verschwitztes Haar. Er krümmt sich zusammen wie ein Kind und lehnt sich an ihre Brust. Sie drückt ihn an sich, und es steigt in ihr auf; die Tränen steigen in ihr auf, und sie schluchzt und spürt, wie sein Rücken bebt, wie sein ganzer Körper bebt, während er sich an ihr festklammert.

Unter ihnen liegen Holzspäne und Tannenzapfen, und am Himmel über ihnen ballen sich die Spätsommerwolken. Gemeinsam sitzen sie dort auf dem Boden, zwischen feuchten Tannennadeln, wie zitternde Hasen.

EIN PULSIERENDES LEBEN

Es ist der Freitag, an dem sie alles erzählen wird.

Sie macht früher Feierabend, eigentlich ohne besonderen Grund, denn Jonas kommt ja sowieso nie vor halb sechs nach Hause, aber da sie seit der Mittagspause bloß auf den Bildschirm gestarrt und Papiere sortiert hat, um sie dann doch wieder auf dieselben Stapel zu legen, fährt sie um vier den Computer herunter und knipst das Licht aus.

Auf dem Weg nach draußen macht sie vor Adnans Büro halt, geht hinein, zieht die Tür hinter sich zu und nimmt auf dem Besucherstuhl Platz.

»Wie fühlst du dich?«, fragt er, aber sie antwortet nicht, weil sie weiß, dass er sich dann zu ihr vorbeugen und ihr sagen wird: »Reich mir deine Hände.«

Und dann sitzen sie da und verflechten ihre Finger ineinander.

»Ruf mich an«, sagt er. »Ruf mich an, wenn du mich brauchst. Du weißt, ich bin immer für dich da.«

Sie weiß, dass er die Wahrheit sagt. Sie hat es die ganze Zeit gewusst, auch wenn es ihr zu Anfang nicht unbedingt klar war. Sie hatte die strenge Miene bemerkt, wenn er mit seinen Studenten sprach, und seinen messerscharfen Analysen verschiedenster Forschungsergebnisse sowie den zwar höflichen, aber durchaus entschiedenen Argumentationen vor dem Fakultätsrat gelauscht. Da war dieses Kribbeln, wenn sie in seinem Büro saß und er ihr dabei half, Aufsätze zu finden, die ihr neue Perspektiven lieferten, wenn er ihren theoretischen Ansatz vehement in Frage stellte und seine braunen Augen nicht einen Moment von ihr abließen, während sie ihre Position leidenschaftlich, aber ohne wissenschaftliche Belege verteidigte.

Und dann, wie seine gesamte Persönlichkeit weicher wurde, als sie sich das erste Mal küssten, und wie er ihr hier, als sie allein in seinem Büro waren, seine gesamte Aufmerksamkeit schenkte und ihr zuhörte, als wäre alles, was sie sagte oder tat, etwas Wertvolles. Wie sehr sie dieses Gefühl genoss.

Sie denkt an Frauen, die sich zu miesen Kerlen hingezogen fühlen, immer wieder muss sie an diese Frauen denken, Frauen mit Männern, die so ein Blitzen in den Augen haben und die ihre Frauen dazu bringen zu sagen, sie könnten dieses oder jenes nicht tun, weil das ihre Männer in den Wahnsinn treibe. Wenn sie doch eine dieser Frauen sein könnte. Aber das ist sie nicht.

Sie setzt sich aufs Fahrrad und fährt die Sölvegatan hinunter. Das Haar weht ihr ins Gesicht. An einem anderen Tag würde sie dieses Gefühl der Freiheit mit Glück erfüllen, aber heute ist es anders.

Daheim angekommen, holt sie die Post aus dem Briefkasten, um sie dann auf dem Küchentisch zu sortieren, ein Stapel für ihre, ein Stapel für seine Post. In der Spüle steht immer noch das Geschirr vom Frühstück. Kurz denkt sie, dass sie sich darum kümmern sollte, doch dann besinnt sie sich anders und lässt es dort stehen, als eine Art Irritationsmoment.

Sie geht ins Schlafzimmer. Mit Adnan hat sie ausgemacht, ein paar Sachen zusammenzupacken, mit denen sie die ersten ein, zwei Tage auskommen wird. Gemeinsam haben sie überlegt, wie Jonas wohl reagieren wird. Sie könne ihn nicht einfach so zurücklassen, hatte sie dann gesagt, ganz gleich, was passiere, Jonas würde ihr trotz allem etwas bedeuten, ihr Verhalten müsse sich also nach seinen Bedürfnissen richten. Ob sie noch ein bisschen bleiben soll. Ob sie verschwinden soll.

»Danach hole ich dich ab«, hat Adnan gesagt, »wenn du willst, dass ich dich abhole.«

Sie hat sich die verschiedensten Szenarien ausgemalt: Jonas weint. Jonas kehrt ihr den Rücken. Jonas schleudert Sachen zu Boden und an die Wand. Jonas nimmt seine Jacke und stürmt davon.

Im Grunde scheint keine Alternative besser als die andere.

Sie nimmt den Rucksack vom Haken und zieht die Kommodenschublade auf. Packt ein bisschen Unterwäsche ein – aber nicht die mit Spitze, nur normale Alltagswäsche, damit es nicht so gewollt aussieht –, Strümpfe, zwei Pullis und eine Hose. Eine Weile steht sie da und starrt in die offene Tasche, bis sie schließlich damit ins Badezimmer geht.

Sie nimmt ihren Kulturbeutel und legte diverse Kosmetika hinein. Sie wählt eine neue Zahnbürste, damit Jonas keinen leeren Zahnputzbecher sieht, falls er ins Badezimmer gehen sollte. Dasselbe mit der Pille. Sie nimmt einen neuen Blister, markiert aber den Wochentag, an dem sie beginnen muss.

Kaum ist sie mit dem Packen fertig und hat den Rucksack zugeschnürt, wird ihr klar, dass sie überhaupt nicht weiß, wo sie ihn verstauen soll. Sie geht in den Flur, öffnet den Kleiderschrank und stellt den Rucksack hinein, ganz nach hinten. Macht den Schrank wieder zu und geht rückwärts fast bis ins Wohnzimmer, um dann so natürlich wie möglich zur Wohnungstür zu laufen und sich auf dem Weg ganz beiläufig den Rucksack zu schnappen.

Die Idee ist natürlich absurd, schließlich wird sie sich auch Schuhe und Jacke anziehen müssen. Irgendwo hat sie gehört, der häufigste Fehler, den Mörder begehen, sei es, jedes noch so kleine Detail bis zur Tat hin zu planen, aber nicht, was danach kommt.

Wobei sic natürlich keine Mörderin ist, keineswegs.

Sie schaut auf die Uhr und lässt ihren Blick eine Weile auf dem Ziffernblatt verharren, um sicherzugehen, dass die Zeiger sich tatsächlich bewegen.

Dann geht sie ins Wohnzimmer, setzt sich aufs Sofa und sieht zum Fenster hinaus.

Draußen scheint die Sonne. Es ist einer dieser ersten richtigen Frühlingstage, die Menschen knöpfen ihre Jacken auf und lächeln ohne besonderen Grund.

Regenwetter wäre passender, denkt sie, aber die Umstände passen sich selten an.

Adnan hat vorgeschlagen, sie könnten sich im Sommer ein Häuschen mieten. Er habe da einen Kumpel mit einem Haus in der Nähe von Ystad, und auf dem Grundstück gebe es ein Gästehaus, das Adnan für gewöhnlich nutzen dürfe. Es liege gleich am Strand. Sie könnten dort Spaziergänge machen. Es würde ihr sicher gut gefallen.

Sie denkt an den ersten Urlaub mit Jonas auf Korfu. An das türkisblaue Meer, daran, wie sie auf dem kleinen Balkon saßen und Ouzo tranken, bis sie so voll waren, dass sie sich über jede Kleinigkeit kaputtlachten. Nachts kamen die Mücken, und spätvormittags wachten sie völlig gerädert auf, verkatert und zerstochen.

In irgendeinem Karton liegen die Fotos von damals, und sie fragt sich, wer sie wohl bekommen wird.

Sie steht auf, öffnet das Fenster und blickt hinunter zur Straße.

Wenn doch alles etwas mehr wie in Südeuropa wäre, denkt sie, vielleicht wie in Griechenland, dann würden die Leute dort unten auf ihren Vespas herumkurven, junge Frauen in kurzen Kleidern und Männer mit hochgekrempelten Ärmeln, die einander zurufen, die hupen und ihr Leben auskosten. Und sie könnte hier oben in der Wohnung stehen und spüren, wie dort unten das Leben pulsiert.

Doch die Straße liegt völlig still da, abgesehen von einem Radfahrer, der lautlos über den schwarzen Asphalt gleitet.

Woher kommen diese Gedanken? Sie mag doch die Stille. Deshalb haben sie die Wohnung doch überhaupt genommen. Ganz zentral und trotzdem ruhig.

Sie blickt sich im Zimmer um. Sämtliche Habseligkeiten lassen sich in drei Kategorien einteilen: Ein Drittel gehört ihr, ein Drittel gehört ihm, ein Drittel ihnen zusammen. Sie weiß genau, was in welche Kategorie gehört. Das letzte Drittel wird am schwierigsten sein, gesetzt den Fall, dass Jonas ihren Kategorien überhaupt zustimmt. Wobei ja nichts aus ihren Versuchen, ein Kind zu bekommen, geworden ist, damals in den Monaten, als sie jede Hoffnung auf eine Promotionsstelle aufgegeben hatte.

Sie legt die Hände auf den Bauch.

Vielleicht wäre dann alles anders geworden. Besser. Schlechter.

Sie nimmt ihr Handy und beginnt eine SMS zu tippen, um Jonas zu fragen, wann er nach Hause kommt. Aber dann zaudert sie. Wie würde er das im Nachhinein wohl deuten? Vielleicht würde er die SMS wieder und wieder lesen, sie verfluchen, die Nachricht seinen Freunden und Verwandten zeigen, ihnen erzählen, dass sie ihn zu allem Übel auch noch dazu gebracht hat, nach Hause zu hetzen, nur um ihm das Herz aus der Brust zu reißen?

Schnell löscht sie das Geschriebene und legt das Handy zurück auf den Tisch.

Vielleicht hätte sie doch bei der Arbeit bleiben sollen.

Sie greift nach der Fernbedienung, schaltet den Fernseher an und zappt sich durch die Kanäle. Es läuft aber nichts Anständiges. Außerdem schaut sie nachmittags nie fern, wenn Jonas nach Hause kommt und den Fernseher hört, wird er gleich ahnen, dass etwas nicht stimmt. Nicht, dass das noch eine Rolle spielen würde. Trotzdem sitzt sie da und beobachtet die Menschen, die sich unhörbar über die Mattscheibe bewegen, stumme Unterhaltungen führen und lautlos lachen, damit sie mitbekommt, wenn der Schlüssel ins Schloss gesteckt wird. Als es schließlich so weit ist, schaltet sie den Fernseher augenblicklich aus.

»Du hier?«

Jonas steckt den Kopf zur Tür herein. Sie versucht, sich

nicht anmerken zu lassen, dass sie die Fernbedienung eben erst beiseitegelegt hat, und müht sich ein schwaches Lächeln ab.

»Ich zieh nur schnell die Jacke aus.«

Sie hört ihn in der Diele herumpoltern und denkt an den Rucksack im Schrank. Er wird ihn schon nicht bemerken.

»War das ein Scheißtag.« Er lässt sich neben sie aufs Sofa sinken, legt einen Arm auf die Lehne und die Füße auf den Sofatisch.

»Ich hab uns noch was aus der Markthalle besorgt«, sagt er. »Rotwein und ein Stück Fleisch. Immerhin ist heute Freitag. Und was für ein Fleisch! Warte, bis du die Marmorierung siehst!«

Wenn doch nur ein bisschen frische Luft hereinwehen würde, denkt sie, sieht zum Fenster und wünscht sich, sie säße etwas näher dran.

»Da ist etwas …«, beginnt sie.

Da ist etwas passiert, möchte sie fortsetzen, weiß aber nicht, ob es tatsächlich einfach so passiert ist, ohne ihr Zutun.

Ich muss dir etwas sagen. Aber sie weiß nicht, ob sie tatsächlich muss.

Wir müssen über etwas reden. Aber eigentlich gibt es nichts zu besprechen.

»Können wir das in der Küche bequatschen?«, fragt Jonas. »Die Einkäufe stehen noch in der Diele.«

Sie folgt ihm auf ihrem ursprünglichen Fluchtweg in die Diele, sieht, wie er sich an der Wohnungstür die Tüten schnappt, eine grün, eine weiß, und dann damit in die Küche verschwindet.

»Übernimmst du den Abwasch?«, fragt er. »Dann mache ich uns eine Flasche Wein auf.«

Sie steckt die Hände in das weiß schäumende Wasser und schrubbt mit der Spülbürste die Teetasse, die ihr Jonas zum Namenstag geschenkt hat. Wird sie jetzt ihm oder ihr zustehen? Sie denkt an ihre Eltern, Großeltern und Schwiegereltern, die Tisch und Bett geteilt und daran auch nie gerüttelt haben. Die sich vermutlich nie den Kopf über Teetassen zerbrochen oder ihr Hab und Gut in drei Kategorien aufgeteilt haben. Ob sie glücklich sind? Als Kind hatte sie es noch für selbstverständlich gehalten, als Jugendliche dann aber gedacht, dass die dämlichen Erwachsenen nur nicht kapierten, dass sie überhaupt keinen Grund zum Glücklichsein hatten.

Sie fragt sich, was nicht mit ihr stimmt, warum sie nicht einfach zufrieden sein kann.

Jonas reicht ihr ein Weinglas und sucht auf dem Handy nach der richtigen Playlist. Das Irritationsmoment ist inzwischen weggespült, alles sieht hübsch und ordentlich aus.

Sie denkt an Adnan, der Jazz hört und nicht diesen schwedischen Hip-Hop wie Jonas. Wenn sie bei Adnan im Arm liegt, nimmt er immer ihre Hand und legt sie auf seine Brust, damit sie seinen Herzschlag spürt. Sie mag es, so dazuliegen, sich einzureden, sie würde die Musik empfinden und mögen, ohne zu wissen, ob das wirklich stimmt, doch ihr gefällt der Gedanke.

Sie denkt an all die Männer, die danach lechzen, ihr Dinge zu erklären, und wie sie manchmal so tut, als hätte sie von diesen Dingen noch nie etwas gehört, sie nie gesehen, daran, wie umschwärmt sie sich dann fühlt und wie glücklich die Männer dann aussehen, geradezu niedlich. Aber dann, dann gehen sie ihr irgendwann auf den Geist. Dann breitet sich diese Rastlosigkeit in ihr aus wie ein Juckreiz.

Wenn sie doch nur nicht so rastlos wäre.

»Ich muss dir unbedingt ein neues Lied vorspielen«, sagt Jonas.

»Müssen wir jetzt Musik hören?«, fragt sie.

»Du wirst es lieben!«

Sie führt das Weinglas zu den Lippen und betrachtet ihn, seinen Kopf, der im Takt mit den schweren Bässen auf und ab wippt. In ihrer Erinnerung reihen sich die Tage aneinander, die sie mit Adnan verbracht hat, erst in seinem Büro, am Ende in seinem Bett. Das Gefühl, wenn sie anschließend nach Hause kam, die Haut noch immer empfindlich, ohne dass Jonas etwas mitbekam. Oder nichts mitbekommen wollte.

Jonas nimmt die Tüte aus der Markthalle und fischt ein weißes Päckchen heraus.

»Das Fleisch ist absolut perfekt«, sagt er. »Ich zeig's dir.«

Als seine Hände das um das Fleisch gewickelte Papier umfassen, drängt sich ein Bild in ihr Bewusstsein, seine Hände auf ihrem Körper, Adnans Hände, die sich darüberlegen, und wieder andere Hände auf seinen, obwohl sie vor den beiden gar nicht so viele Männer gekannt hat. Sie alle verschmelzen zu einem einzigen Händepaar, und plötzlich muss sie an all die schmerzhaften Trennungen denken, die sie durchlebt hat, um schlussendlich doch wieder unter Händen zu landen, die sich von jenen, die sie zuvor gestreichelt hatten, kaum unterschieden.

Obwohl draußen immer noch die Frühlingssonne scheint, kommt es ihr inzwischen düsterer vor.

»Bald wirst du's sehen«, sagt Jonas und beginnt, das Päckchen an einer Ecke aufzuwickeln.

Mit einem Mal bemerkt sie, wie sich unter dem weißen Papier etwas bewegt. Sie lässt ihr Glas sinken und sieht, wie das Papier sich ausdehnt, um dann wieder in sich zusammenzusinken. Jonas scheint nichts davon mitzubekommen, sein Gesicht ist vergnügt und erwartungsfroh, als könnte er kaum noch abwarten, ihr zu zeigen, was sich unter dem Papier verbirgt, als hätte er die Bewegung nicht wahrgenommen. Behutsam entfaltet er das Papier.

»Schau dir die Marmorierung an.«

Er fährt mit dem Finger über das rote Fleisch, das sich zusammenzieht und wieder entspannt. Sie versucht, Jonas' Blick aufzufangen, doch er scheint nichts zu merken. Sie allein sieht, dass das Fleisch zuckt, als wäre es lebendig, dass er ein pulsierendes Stück Leben in den Händen hält.

»Ich denke, ich werde es in dicke Scheiben schneiden. Dann ist es nach dem Braten noch schön blutig.«

Wie gebannt beobachtet sie ihn dabei, wie er ein Fleischmesser aus der Schublade nimmt, die Klinge mit dem Daumen überprüft, den glänzenden Stahl hebt, und es kommt ihr vor, als würde alles außer dem pochenden, pulsierenden Stück Fleisch erstarren, und am liebsten möchte sie losschreien, doch es kommt kein Ton heraus, es fühlt sich an, als würde sie den Boden unter den Füßen verlieren, sie presst die Knöchel gegen die Tischplatte und sieht dabei zu, wie das Messer in das lebendige Rot eintaucht, es in perfekte Scheiben zerteilt, und als es mit einem Mal aufhört, sich zu bewegen, und stirbt, glaubt sie, zerspringen zu müssen.

Jonas wendet sich zu ihr hin, das Messer noch immer in der rechten Hand. Sie glaubt, Blut den Griff entlangrinnen zu sehen, bis hinunter auf seinen Arm. Erst nachdem sie die Augen ganz fest zusammenkneift, kann sie es nicht mehr sehen.

»Worüber wolltest du mit mir sprechen?«

Beim Essen stehen brennende Kerzen auf dem Tisch. Sie kaut und kaut, spült die Bissen mit kräftigen Schlucken Wein hinunter. Ein paar Stunden später, als Jonas schläft, erschöpft und nackt, schleicht sie sich aus dem Schlafzimmer, packt den Rucksack aus und verstaut alles wieder an seinem Platz. Vorsichtig kriecht sie zurück zu ihm ins Bett und starrt an die Decke.

Am Sonntag sitzt Jonas vor dem Computer und bereitet eine Präsentation für die Arbeit vor. Da schnappt sie sich ihre Jacke und bricht zu einem Spaziergang im herrlichen Frühlingswetter auf.

Sie streift durch die Stadt und stellt sich verschiedene Szenarien vor: Adnan weint. Adnan kehrt ihr den Rücken. Adnan schleudert Sachen zu Boden und an die Wand. Adnan nimmt seine Jacke und stürmt davon.

Als er die Tür aufmacht und sie auf der Treppe stehen sieht, kommt es ihr vor, als wüsste er bereits, was sie sagen wird.

Ein ganzes Jahr verstreicht, und sie fürchtet, dass Adnan sie auffliegen lassen könnte, doch jedes Mal, wenn sie sich bei der Arbeit über den Weg laufen, verhält er sich durch und durch professionell. Sie besuchen dieselben

Besprechungen, begegnen sich auf dem Flur, grüßen sich höflich im Pausenraum. Jede Woche lauscht sie dem Getratsche, um herauszufinden, ob er womöglich jemanden kennengelernt hat, wie um eine Art Bestätigung zu erhalten, dass er über sie hinweg ist, doch sie hört nichts dergleichen, und als sie schließlich erfährt, dass er eine Stelle in Uppsala angenommen hat, und ihm so herzlich gratuliert, wie sie kann, vermag sie unmöglich auszumachen, ob sein Blick tatsächlich eiskalt ist, oder ob sie sich das nur einbildet.

Sie ist jetzt Vegetarierin. Erträgt den Geschmack von Fleisch nicht mehr. Es ist, als würde er sich in ihrem Mund ausbreiten, als müsste sie daran ersticken. Sie ernährt sich von Linsen und Bohnen und findet, dass sie nach Erde schmecken, doch obwohl der Geschmack ihr zuwider ist, kann sie ihn zumindest ertragen, ohne Herzrasen davon zu bekommen. In dem Versuch, sie wenigstens für Fisch zu begeistern, bereitet Jonas ihr ein perfektes Kabeljaufilet zu, doch sowie das weiße Fleisch unter ihrer Gabel zerfällt, dreht sich ihr der Magen um.

Im Winter sind sie zu einer Hochzeit eingeladen, und an ihrem Tisch sitzt ein Neurologe. Inzwischen sind drei Jahre vergangen, sie hat ihre Dissertation abgeschlossen, der Universitätswelt den Rücken gekehrt und einen guten Job gefunden, zu dem sie jeden Morgen eilt, um abends wieder nach Hause zu gehen. Jonas und sie haben mit einer IVF-Behandlung begonnen; der Arzt meint, es könne nicht schaden, wenn sie ein, zwei Kilo zunehmen würde.

Doch das ist nicht das Thema, zu dem sie ihren Tischnachbar befragen möchte.

Beim Dessert dreht sie sich zu ihm und sagt, es gebe

da eine Sache, über die sie sich den Kopf zerbreche, etwas, wofür sie dringend eine Erklärung benötige. Sie habe diese Freundin, auf den ersten Blick eine völlig normale Frau, die ihr erzählt habe, sie hätte mal etwas gesehen, das nicht wirklich da war.

»Und was war das?«, hakt der Neurologe nach, seine Wangen glühend vom Wein und im Schein der Kerzen.

Das könne sie nicht so recht erklären, sagt sie, es sei ihrer Freundin nicht leichtgefallen, darüber zu sprechen.

»Es war etwas Lebendiges. Etwas Totes, das plötzlich lebendig war. Und dann wieder starb.«

Der Neurologe mustert sie, seine Augen gleichen einem Spiegel. Das müsse sie ihm genauer erklären, sagt er.

»Ich dachte, es sei vielleicht was mit dem Hirn, Stress oder so«, antwortet sie und zuckt lächelnd die Achseln. »Dass das Hirn in Stresssituationen so reagieren kann.«

»Passiert Ihnen das öfter?«

Sie presst die Lippen aufeinander und spürt, wie sich ihre Augen verengen. »Es geht doch nicht um mich.«

Sie durchquert den Raum, das Brautpaar hat den ersten Tanz getanzt, aus den Lautsprechern dröhnt die Musik. Ich muss Jonas finden, denkt sie, ich erzähle ihm, dieses Ekel neben mir hätte mich die ganze Zeit angegraben. Wenn Jonas das Zucken in ihrem Gesicht sieht, wird er die Hände zu Fäusten ballen und den Neurologen suchen, und sie wird ihm mit wild pochendem Herzen hinterherblicken.

Doch Jonas hat keine Hände, die sich zu Fäusten ballen.

Vielleicht wird sie Jonas mit einer Frau erwischen. Er wird der Frau eine Strähne aus dem Gesicht streichen, und wenn er bemerkt, dass er auf frischer Tat ertappt wurde, wird er seine Hand zurückziehen und ganz bleich werden.

Doch stattdessen entdeckt sie ihn an der Bar. Er streckt die Arme nach ihr aus und zieht sie zu sich heran.

»Du siehst heute Abend verdammt heiß aus«, flüstert er ihr ins Ohr. »Ich hab dich die ganze Zeit nicht aus den Augen gelassen.«

Sie legt den Kopf an seine Brust, nimmt seinen Duft wahr und lauscht seinem Herzschlag, doch die Musik übertönt alles. Oder alles ist einfach nur tot.

In der Nacht steht sie nackt vor dem Hotelzimmerspiegel. Jonas liegt schlafend im Bett, einmal mehr schläft er, während sie keine Ruhe findet. Mit ausgestreckten Armen liegt er da, so offen und voller Vertrauen. Sein Gesicht so unbekümmert wie das eines Kindes. Sie fixiert ihr Spiegelbild und lässt die Hände über ihren Körper gleiten, überallhin, wo sie sich von Männern hat berühren lassen. Warum erkennt es keiner? Warum erkennt niemand außer ihr, dass genau so ein böser Mensch aussieht?

SCHÄDLINGE

»Du könntest Autos verkaufen«, sagte mein Onkel, als wir wieder einmal morgens bei ihm auf dem Sofa hockten.

»Autos?«, fragte ich. »Ich hab keine Ahnung von Autos.«

»Hast du einen Führerschein?«

»Ja.«

»Kannst du tanken und den Ölstand prüfen?«

»Glaub schon.«

»Weißt du, dass französische Autos Schrott und japanische Weiberkram sind und dass Männer, also richtige Kerle, immer was Deutsches fahren?«

»Jetzt schon.«

»Dann kannst du Autos verkaufen.«

Ich trank einen Schluck von meiner Cola. »Ich weiß nicht, ob ich ein guter Verkäufer wäre.«

»Bei uns in der Familie können wir Pinguinen Eis verkaufen!«

Ich versuchte, mir diese Pinguine vorzustellen, mit Taschen voller Geld unter den Federn, während mein Onkel fortfuhr: »Ich kenne da einen Autohändler. Er fährt öfter bei mir im Taxi mit.«

»Ein Autohändler, der Taxi fährt?«

»Siehst du! Du stellst Fragen. Du interessierst dich für

die Menschen. Du wirst einen prima Verkäufer abgeben.«

Ein paar Tage darauf nahm mein Onkel mich mit zu besagtem Autohändler. Er hieß Kjell. Am seinem linken kleinen Finger steckte ein Siegelring, und an seinem rechten Handgelenk baumelte eine Uhr, die so schwer war, dass er sie in regelmäßigen Abständen zurechtschütteln musste. Er zog die Tür hinter mir zu, und durch die großen Fenster seines Büros konnte ich meinen Onkel beobachten, wie er zwischen den zum Verkauf stehenden Autos herumstreunte.

»Ich gebe nichts auf Noten und Zeugnisse«, sagte Kjell. »Solche Dinge machen noch lange keinen guten Verkäufer.«

Glück für mich, dachte ich und nickte womöglich etwas zu eifrig. Endlich brachte ich meinen Kopf wieder unter Kontrolle.

»Ich suche Leute mit Hunger«, meinte Kjell. »Bist du hungrig?«

»Hungrig?«, fragte ich.

»Brennt da etwas in dir? Ein Feuer, irgendwas, das dich antreibt?«

Er fixierte mich mit seinen kleinen grauen Augen.

»Ja, schon«, sagte ich.

Er hielt mir seine rechte Hand hin. »Dann passt du hier rein.«

Auf dem Heimweg schlenderte ich durch die Stadt. Betrachtete die Autos, an denen ich vorbeikam, und stellte mir vor, dass ich sie den Leuten verkauft hätte: der Frau mit den Stöckelschuhen da drüben, dem Schreiner, der, gegen seinen Sprinter gelehnt, telefonierte, dem Alten mit dem zotteligen Hund. Als ein Mann im Anzug meinen Blick erwiderte, sah ich schnell zu Boden, vergrub meine Hände noch tiefer in den Hosentaschen und zog die Schultern hoch.

Wie immer ging der Schlüssel schwer ins Schloss, und als ich die Tür endlich aufbekommen hatte, kam Ossian angelaufen und schmiegte sich an meine Beine. Ehe ich die Tür hinter uns zuzog, warf ich einen kurzen Blick über die Schulter.

Ich lebte nun seit fast einem Jahr in der Wohnung. Wobei, streng genommen war es ja gar keine Wohnung. Hamid hatte mir die Hütte besorgt.

»Das ist ein Ladenlokal«, hatte er erklärt. »Also, quasi eine Wohnung, nur halt nicht auf dem Papier.«

Es gab ein großes Zimmer, eine Pantryküche mit Kochplatten über dem kleinen Kühlschrank und ein Bad mit einer Dusche in der Ecke. Die Miete war niedrig – nur 1200 Kronen: »Hörst du? Nur 1200!«, hatte Hamid wieder und wieder gesagt.

Ich hätte Interesse, sagte ich, woraufhin Hamid meine Hand schüttelte und meinte, ich sei ein Mann, der wisse, was das Beste für ihn sei.

»Offiziell«, erklärte er dann, »darf hier niemand wohnen, eben weil es auf dem Papier ein Ladenlokal ist. Nur eine Formsache, aber zieh am besten die Vorhänge zu. Und nachts musst du hier sein, das gehört zum Vertrag. Der Besitzer will keine Einbrecher.«

Ich ließ den Blick zu den winzigen Souterrainfenstern hinüber und dann durch den gähnend leeren Raum schweifen.

»Ist das alles?«, fragte ich.

»Ja«, sagte Hamid. »Ach, und du bekommst eine Katze.«

»Eine Katze?«

»Wegen der Mäuse. Die treiben sich manchmal hier rum. Die Katze besorgen wir, aber den Namen kannst du aussuchen.«

Ich hatte mir ein paar gebrauchte Möbel gekauft, das Bett stammte von der Lebensgefährtin meines Vaters.

Jetzt saß ich mit Ossian auf dem Schoß im Sessel.

»Wir haben's gut, wir zwei«, sagte ich und strich ihm über den Rücken. Er schnurrte und kniff die Augen zusammen. Ich überlegte, was ich an meinem ersten Arbeitstag anziehen sollte. Was Schickes, hatte mein Onkel gesagt, aber ich war mir unsicher, wie etwas Schickes aussah. Mir war nur ein einziges Mal gesagt worden, dass ich schick aussah, und zwar als ich mich für eine Hochzeit fein gemacht hatte.

Irgendwann musste ich eingenickt sein, zumindest hatte ich die Augen geschlossen, als ich plötzlich spürte, wie sich Ossians Krallen in meinen Oberschenkel bohrten. Er machte einen Satz und fegte durchs Zimmer.

Knirsch.

Er hatte eine Maus zwischen den Zähnen.

»Braver Kater«, sagte ich, schloss die Augen erneut und versuchte, das Knirschen zu überhören, als er die Maus verschlang. Nach einer Weile kletterte er wieder auf meinen Schoß und rekelte sich noch wohliger als zuvor.

Am nächsten Morgen zog ich mir ein Hemd und Chinos an.

»Bis heute Abend, Ossian«, sagte ich und schloss die Tür ab.

Im Autohaus war noch nicht viel los. Kjell saß in seinem Büro und telefonierte. Nachdem ich eine Weile in der Tür gestanden hatte, ließ er den Hörer sinken. »Magnus wird dich rumführen.«

Ich drehte mich um. In dem anderen Büro saß ein Mann, blondiert und braun gebrannt, vor einem Computer. Ich klopfte an. »Bist du Magnus?«

Er ließ sich in seinen Bürosessel zurücksinken und zeigte ein unnatürlich weißes Lächeln. »Und du musst Kjells neuestes Projekt sein?«

Ich wusste nicht so recht, was ich darauf antworten sollte.

»Ich nehme an, du hast dich informiert, was in der Autobranche so abgeht, wo der Hase langläuft«, sagte er, während er mich in die große Verkaufshalle führte. »Auch wenn du selbst noch keine Erfahrungen hast.«

»Ein bisschen«, antwortete ich.

»Dann weißt du, dass es am Anfang kein Zuckerschlecken wird. Man fängt ganz unten an und arbeitet sich langsam hoch. Man kann jede Menge Kohle verdienen. Ich könnte dir von ein paar Deals erzählen, da würden jedem x-beliebigen Schweden, der sich für seinen Lohn von neun bis fünf abrackert, die Ohren schlackern. An einem Nachmittag kannst du mehr verdienen als manch einer in einem ganzen Jahr. Aber du musst dich an die Spielregeln halten. Kapiert? Solange du dich an die Spielregeln hältst, werde ich dir alles beibringen, was ich weiß.«

An diesem Tag wusch und polierte ich vier Autos, die Magnus in Zahlung genommen hatte. Aus den Polsterritzen angelte ich Kugelschreiber, ausgeblichene Quittungen, Bonbonpapiere und etwas, das sich nach eingehender Untersuchung als getrocknetes Kondom entpuppte. Dann saugte ich im Innenraum der Autos Staub, und als ich dachte, ich wäre endlich fertig, kam Magnus und zeigte auf alle Stellen, die ich vergessen hatte. Also noch mal von vorne. Offenbar hatte ich jede Menge zu lernen.

In der Nacht schlief ich wie ein Stein. Von den unnatürlichen Positionen, in denen ich gearbeitet hatte, tat mir der ganze Körper weh. Ossian linderte die Schmerzen ein wenig, indem er sich wie ein Wärmekissen an meine tauben Muskeln schmiegte.

Am Monatsende nahm ich all meinen Mut zusammen und betrat Kjells Büro.

»Ja, also«, sagte ich, »ich wollte nur fragen, wie der Lohn ausbezahlt wird.«

»Der Lohn?«, fragte Kjell, und es klang, als müsse er sich das Lachen verkneifen. »Wir arbeiten hier auf Provisionsbasis. Verkauf ein Auto, dann kriegst du Geld.« Zerstreut blätterte er in einem Stapel Papiere auf seinem Schreibtisch. »Bis jetzt kann ich deinen Namen auf keinem einzigen Kaufvertrag finden.«

Als ich nach Hause kam, stolperte ich um ein Haar über Ossian. Mein Bein schoss nach vorn, wobei ich ihn mit dem Fuß erwischte. Ossian machte einen Buckel und fauchte, sodass ich seine messerscharfen Eckzähne erkennen konnte. So hatte ich ihn noch nie erlebt. Wir starrten einander an. Ohne mit der Wimper zu zucken.

»Tut mir leid«, sagte ich schließlich und ging in die Hocke, doch er kam nicht zu mir, obwohl ich mich redlich bemühte, ihn herbeizulocken. Seine Augen waren gelbe Schlitze.

Ich ging zur Pantryküche, nahm eine Dose Thunfisch

aus dem Schrank, öffnete sie und schielte in Ossians Richtung. Er kam zwar nicht näher, beobachtete mich aber ganz genau. Ich verteilte den Thunfisch auf einer Untertasse, damit es schön appetitlich aussah, und stellte sie dann vor mir auf den Boden.

»Bitte schön«, sagte ich. »Tut mir leid, dass ich dich getreten hab.«

Dann ließ ich mich im Sessel nieder und wartete. Vorsichtig pirschte er sich in Richtung Küche und ließ mich nicht aus den Augen, bis er die Untertasse leer geputzt hatte. Anschließend machte er sich sauber, wischte sich zuerst mit der Pfote über die Nase, putzte sich dann seinen Bauch und schließlich die Hinterpfoten. Mit hin und her zuckender Schwanzspitze kam er zu mir, sprang auf meinen Schoß und machte es sich bequem. Ich kraulte ihm den Rücken.

»Ich würde dir niemals wehtun«, sagte ich. »Niemals.«

Im selben Moment nahm ich im Augenwinkel eine Bewegung wahr und tippte Ossian mit dem Finger an.

»Ossian«, raunte ich. »Aufwachen.«

Doch er lag still da, gleichmäßig schnurrend, die Augen geschlossen. Die Maus flitzte über den Boden und verschwand in einem Loch in der Fußleiste.

Ich ließ mich zurücksinken und dachte darüber nach, was Kjell über den Hunger gesagt hatte. Als Ossian sich auf den Rücken rollte, fuhr ich mit den Fingern über sein seidenweiches Fell auf dem prall gewölbten Bauch. Vielleicht war es das, was mir fehlte: ein Hunger, der in mir glühte und brannte. Vielleicht würde ich es deshalb nie zu etwas bringen.

Tags darauf betrat ich Magnus' Büro. »Du hast mir alles

übers Autowaschen beigebracht. Jetzt will ich lernen, wie man sie verkauft.«

Magnus grinste. »Und du glaubst, dass du dafür schon bereit bist?«

»Ja«, antwortete ich und spürte, wie sich mir der Magen umdrehte.

Er verschränkte die Arme vor der Brust. »Dann mal los.«

Wir liefen über die Ausstellungsfläche.

»Was glaubst du, macht ein Autoverkäufer?«, fragte er.

Ehe ich antwortete, zögerte ich einen Moment, wie wenn man schon vorher weiß, dass man sowieso das Falsche sagen wird: »Autos verkaufen.«

Magnus feixte. »Und was für Autos?«

»Na ja … die Autos, die die Leute haben wollen.«

Er lachte laut auf. »Du bist ein hoffnungsloser Fall. Wir sind doch kein Wohltätigkeitsverein!«

Ich nickte, besann mich dann aber anders und schüttelte stattdessen den Kopf.

»Du verkaufst natürlich die Autos, die du verkaufen willst. Nimmst den Kunden die Entscheidungen ab. Dein Job besteht darin, ihnen einzutrichtern, dass du ihnen das Auto verkaufst, das sie haben wollten.«

»Aha«, sagte ich und versuchte meinen Blick zu fokussieren, der zwischen den Fahrzeugen in der Verkaufshalle hin und her flackerte.

Als am Nachmittag ein Rentnerehepaar das Autohaus betrat, sagte Magnus: »Jetzt oder nie.«

Ich räusperte mich und ging auf sie zu. »Sie schauen sich nach einem Auto um?«, fragte ich.

Der Alte blickte mich groß an. »Nein, nach einem Fahrrad«, antwortete er und brachte damit seine Frau zum Lachen. Dann setzte er hinzu: »Was glauben Sie denn?«

Ich ermahnte mich selbst: Ich nehme den Kunden die Entscheidungen ab. Dann sagte ich mit kräftiger Stimme: »Woran hatten Sie denn gedacht?«

»Haben Sie einen Toyota Corolla da?«

Ich stemmte die Hände in die Hüften. »Echte Kerle fahren immer was Deutsches.«

Am darauffolgenden Tag hatte ich frei und saß bei meinem Onkel auf der Couch.

»Wie läuft's bei der Arbeit?«, fragte er.

»Gestern sollte ich mein erstes Auto verkaufen.«

»Hab dir doch gesagt, das wird was!«

»Es ist aber nichts draus geworden. Der Typ, mit dem ich zusammenarbeite, musste übernehmen. Sie haben das Auto von ihm gekauft.«

»Und was für ein Auto haben sie gekauft?«

»Einen Renault. Ursprünglich wollten sie einen Toyota.«

»Einen Renault? So eine Scheißkarre?«

Am Abend, nachdem ich zwei Mäusegallenblasen vom Teppich im Flur entfernt hatte, saß ich mit Ossian auf dem Schoß vor dem Fernseher und schaute eine Doku über Haustiere in den USA, in der es darum ging, dass manche Leute ihren Hunden die Stimmbänder wegoperieren ließen, wenn sie zu viel kläfften, und den Katzen die Krallen ziehen ließen, wenn sie die Sofas zerkratzten. Aufgebrachte Tierschützer meinten, es sei Tierquälerei, die Tiere ihrer natürlichen Instinkte zu berauben, Katzen sollten kratzen dürfen und Hunde bellen, denn wenn sie es nicht tun könnten, wäre das ein Verbrechen gegen die Natur.

Ossian streckte sich und spreizte die Pfoten. Vielleicht, überlegte ich, kamen manche von uns ohne jene Triebe zur Welt, die den Fortbestand der Art sicherten. Eine Art Produktionsfehler. Und im Grunde war es Quälerei, uns überhaupt am Leben zu halten.

Nun, zwei Wochen später, verkaufte ich jedenfalls mein erstes Auto. An eine junge Krankenschwester, die gerade ihre erste Stelle angetreten hatte und ein Auto brauchte, mit dem sie zur Arbeit fahren konnte. Sie wollte einen Škoda, und den bekam sie auch. Obwohl sie höchstens zwanzigtausend ausgeben wollte, brachte ich sie dazu, zweiundzwanzigtausend hinzublättern. Das war doch eine tolle Leistung, fand ich. Aber Magnus lachte mich aus.

In den folgenden Wochen verkaufte ich ein paar weitere Autos, sodass ich am Monatsende meinen ersten Lohn ausbezahlt bekam. Ich kaufte eine große Marzipantorte beim Bäcker am Markt und lud meinen Vater und meine Cousins zu meinem Onkel nach Hause ein. Sie klopften mir anerkennend auf den Rücken und meinten, dass es jetzt bergauf gehe, dass ich bestimmt bald mein eigenes Autohaus haben würde und mich nichts mehr aufhalten könne. Und ich dachte, auch wenn ich ein paar Dinge über meine Karriere wusste, die sie nicht wussten, war es doch immerhin ein Trost, dass ich mich nun mit dem Kopf über Wasser hielt, anstatt wie ein schwerer Stein am Grund zu liegen.

Und dann, eines Mittwochs kurz vor Feierabend, betrat eine Frau das Autohaus und ließ ihren Blick über die Ausstellungsfläche schweifen. Sie trug eine schwarze Hose, in der ihre Beine fast endlos lang schienen. Ihr Haar war blond gelockt, ihre Augen groß und dunkel.

»Die übernehme ich«, sagte Magnus.

Er führte sie durch die Verkaufshalle, legte eine Hand auf die Autodächer und trat ganz dicht an sie heran, um ins Autoinnere zu deuten. Sie wandte sich meist von ihm ab, drehte er sich rechtsherum, drehte sie sich nach links.

Schließlich blieb sie neben dem Haupteingang stehen, vor dem Mercedes, getönte Scheiben, Sechszylinder, eine halbe Million Kronen wert.

»Das ist er«, hörte ich sie sagen, »mit dem will ich eine Probefahrt machen.«

»Organisier mal die Schlüssel!«, rief Magnus mir zu, und ich schlurfte davon, um die Schlüssel zu holen.

»Hätten wir nicht ihren Führerschein als Sicherheit verlangen sollen?«, fragte ich, als sie losfuhr.

»Ich erkenne einen Autodieb auf den ersten Blick. Und das war keine Autodiebin.«

Nach einer Stunde war sie immer noch nicht zurück. Wir standen im fast menschenleeren Autohaus und warteten.

»Ich denke, ich gehe dann mal nach Hause«, sagte ich.

»Den Teufel wirst du!«, entgegnete Magnus. »Dir ist doch wohl klar, dass derjenige, der die Schlüssel ausgehändigt hat, auch für das Auto verantwortlich ist, oder? Was glaubst du denn, wird Kjell sagen, wenn ich ihm erzähle, dass sie die Schlüssel von dir hat? Das warst doch du, oder nicht? Glaub ja nicht, du kannst dich einfach so davonstehlen.«

Meine Kehle schnürte sich zusammen. Eine Weile standen wir da und starrten in die blanken Fensterscheiben.

»Scheiß drauf«, sagte Magnus. »Wenn sie in einer Viertelstunde nicht zurück ist, rufst du die Polizei. Morgen wird hier der Teufel los sein.«

Ich stand wie angewurzelt da und beobachtete durchs Fenster, wie Magnus einen Kavalierstart hinlegte und davonbrauste. Auf der großen Uhr tickten die Sekunden unaufhaltsam voran. Aus den Sekunden wurden Minuten. Nach einer Viertelstunde beschloss ich, ihr noch ein paar Minuten zu geben. Wie würde es denn aussehen, wenn sie gerade auf den Parkplatz einschwenkte, und ich stand mit dem Hörer da.

Also wartete ich. Nach einer Stunde holte ich das Telefon und setzte mich damit hin. Nur noch ein paar Minuten, dachte ich, nur noch ein paar Minuten.

Ich überlegte, wie lange es wohl dauern würde, fünfhunderttausend zusammenzukratzen. Und an Ossian, der inzwischen sicher halb verhungert war und mir ziemlich böse sein würde. Hoffentlich ging Hamid nicht zufällig bei mir vorbei und bekam mit, dass ich nicht zu Hause war, obwohl die Dämmerung bereits angebrochen war. Ich tippte die Nummer ins Telefon: eins – eins – zwei. Konnte mich aber nicht dazu durchringen, wirklich anzurufen.

Kurz nach Mitternacht hörte ich ein Wummern auf dem Parkplatz. Der Mercedes kam angefahren, und ich musste die Augen mit der Hand abschirmen, um nicht vom Scheinwerferlicht geblendet zu werden, das bis in den Verkaufsraum hereinstrahlte. Die Frau stieg aus, und ich ging zu ihr.

»Du hast gewartet«, sagte sie mit amüsierter Miene.

»Ich hatte Ihnen die Schlüssel gegeben.«

»Ich bin keine Autodiebin.«

Der Schein der Straßenlaterne fiel auf ihr Gesicht, um

das sich ihre blonden Locken legten wie ein Glorienschein.

»Ihre Augen«, sagte ich. »Ihre Augen sehen aus wie Siebensterne.«

Sie lachte laut auf, doch es war kein hämisches Lachen, nicht schrill und hart, sondern warm, wie eine Umarmung, und als ich wenig später im Bett lag, Ossian schmiegte sich dicht an meinen unteren Rücken, hörte ich es noch immer und konnte sie vor mir sehen, ihre funkelnden, beschwörenden Augen, mit denen sie mich angesehen hatte.

Am Morgen zog Magnus mich bei der Arbeit zur Seite.

»Kein Wort«, sagte er. »Kein Wort zu niemandem. Mach jetzt den Wagen sauber, bis nichts mehr zu sehen ist, und dann hältst du den Rand. Kapiert?«

Ich nickte.

Also fuhr ich den Mercedes in die Waschanlage und schrubbte ihn. Saugte den Innenraum und setzte mich dann auf den Fahrersitz, um alle Flächen gründlich zu reinigen. Gestern hatte sie genau hier gesessen, und jetzt war es fast, als berührten sich unsere Körper. Ich umfasste das Lenkrad, so, wie sie es getan hatte, und betrachtete meine Hände, die jetzt beinahe auf ihren lagen, um sie dann schnell wieder wegzunehmen, als sich etwas in meiner Hose regte. Ich schrubbte noch härter und versuchte, an etwas anderes zu denken.

Als ich den Schaltknüppel abwischte, bemerkte ich einen roten Fleck auf dem Putzlappen, konnte aber nicht erkennen, woher er kam. Der rote Fleck sah aus wie Blut. Wie sollte Blut ins Auto gekommen sein? Hatte sie eine Wunde an der Hand gehabt? Ich musste wieder an ihre

Hände denken und mich dann vorbeugen, weil mir plötzlich ganz schwindelig wurde.

Es war ein schöner Abend, ich saß draußen, an die Wohnungstür gelehnt, während Ossian gleich daneben durch das Gebüsch tigerte. Einmal war er fast eine ganze Woche verschwunden gewesen. Als ich unruhig in der Wohnung auf- und ablief und mich fragte, wo er stecken mochte, hörte ich plötzlich ein lautes Katzengeschrei und stürmte raus, um nachzusehen, ob es Ossian war. Doch die Laute kamen von zwei Katzen, die gerade dabei waren, sich zu paaren, wie ich an ihren Silhouetten erkannte. Es klang, als wollten sie sich gegenseitig abmurksen. Ich konnte nicht ausmachen, ob Ossian beteiligt war oder nicht. Er kam jedenfalls ein paar Tage später mit einem blutigen Ohr und verfilztem Fell zurück, machte einen Sprung auf mein Bett und schlief ein, friedlich wie ein Katzenjunges.

Vielleicht hatte ich es ja doch in mir, das Animalische. Ich dachte an die Frau mit den Siebensternaugen. An ihr Haar, wie es ihr über den Rücken fiel. Stellte mir vor, sie würde vor mir stehen. Dass sie nackt war, sich berührte und mich dabei ansah. Dass ich ihre Hand nahm und küsste. Ihre glatte schmale Hand, an der sie vielleicht eine Wunde hatte. Dass ich auch diese küsste.

Aus Tagen wurden Wochen, ohne dass etwas passierte. Ich verkaufte ein paar Autos, mein Onkel hatte Geburtstag, es gab eine Feier. Und dann stand sie plötzlich da. Die Frau mit den Siebensternaugen, im Eingang zum Autohaus.

»Diese Schlampe«, sagte Magnus.

Breitbeinig, den Kopf leicht zurückgelehnt, ging er auf

sie zu. Sie hob die Hand zur Begrüßung und kehrte ihm den Rücken, als er zum Sprechen ansetzte.

»Ich möchte gern eine Probefahrt machen«, hörte ich sie sagen.

»Glauben Sie etwa, ich erinnere mich nicht an das letzte Mal?«

Ich ging ein paar Schritte auf sie zu.

»Ich könnte mitfahren«, sagte ich. »Als eine Art Sicherheit.«

Als ich mich auf den Beifahrersitz setzen wollte, beugte Magnus sich zu mir. »Die Provision geht trotzdem an mich«, zischte er.

Die Frau trat aufs Gas, und ich musste schnell die Tür zuziehen.

Wir durchquerten das Industriegebiet und fuhren Richtung Stadt.

»Es war Zufall, dass ich bei euch gelandet bin«, sagte sie. »Reiner Zufall.«

»Heute?«, fragte ich.

Sie lächelte. »Nein, beim ersten Mal. Heute nicht.«

Ich klammerte mich an den Griff oberhalb der Beifahrertür. Sie fuhr schnell. Ich hatte keine Ahnung, was ich sagen sollte.

»Ich muss nur was erledigen«, sagte sie. »Wird nicht lange dauern.«

Sie fuhr auf einen Parkplatz neben einer Hochhaussiedlung, ließ den Schlüssel stecken und den Motor laufen.

»Bleib sitzen«, sagte sie. »Nicht bewegen!«

Ich betrachtete ihren kurvigen Körper, der zwischen den Häusern verschwand, ihr Haar, das im Takt mit ihren geschmeidigen Schritten rhythmisch hin und her schwang. Als sie nicht mehr zu sehen war, streckte ich die Hand aus, um das Radio einzuschalten. Nicht bewegen!, hatte sie gesagt. Ob ich das Radio überhaupt anmachen durfte?

Also saß ich reglos da und blickte hinaus auf den Parkplatz. Eine Gruppe Kinder näherte sich. Der fetteste Junge hatte einen Tretroller dabei, er blieb stehen und glotzte mich an. Zuerst bemühte ich mich, möglichst unbeeindruckt auszusehen, dann wütend, aber er rührte sich einfach nicht vom Fleck. Erst als ich die Hand hob und ihm freundlich zuwinkte, setzte er sich in Bewegung und zog weiter.

Nach einer geraumen Weile, als ich allmählich anfing zu überlegen, ob sie wieder verschwunden war und wie viele Stunden ich wohl würde warten müssen, tauchte sie zwischen den Gebäuden auf. Sie ging schnell, und schon von Weitem erkannte ich, dass sie lächelte. Sie ließ sich auf den Fahrersitz fallen und strahlte über das ganze Gesicht.

»Du hast dich nicht bewegt, stimmt's?«, fragte sie.

»Nein«, antwortete ich.

Sie schaltete das Radio ein, drehte die Lautstärke auf und düste vom Parkplatz. Wir fuhren die Schnellstraße runter, sie hielt sich bei 140 und stimmte in die Musik mit ein. Gelegentlich wagte ich einen Blick in ihre Richtung. Mein Herz hämmerte, wenn ich nur daran dachte, wie nah sie mir war.

»Ist es gut gelaufen?«, fragte ich schließlich.

Als sie lachte, zerschmolz etwas in meinem Inneren und wurde zu einem einzigen Brei.

»Du bist süß«, sagte sie.

Ich wusste nicht, was ich antworten sollte, und lief stattdessen rot an.

Sie legte ihre Hand auf meinen Oberschenkel. »Du bist noch ein kleiner Junge«, sagte sie.

Ich hoffte, sie würde ihre Hand nicht weiter hochwandern lassen und mitbekommen, was sich unter meinem Hosenschlitz tat, oder aber, es war genau das, worauf ich hoffte.

»Ich hab einen Job und eine Wohnung«, sagte ich.

Sie ließ die Hand liegen, sagte aber nichts mehr. Ich schloss die Augen und versuchte, an Ossian zu denken, an meinen Onkel, an Hamid, an alles, nur nicht an ihre Hand an der Innenseite meines Oberschenkels. Als ich den Blick hob, fixierte sie mich einen Moment lang mit ihren Samtaugen.

»Eine Hand wäscht die andere«, sagte sie. »Irgendwann werde ich dir einen Gefallen tun.«

Dann presste sie ihre Hand fest gegen meinen Oberschenkel, und es war, als würde in mir etwas explodieren. Als sie ihre Hand zurückzog, um den Gang zu wechseln, schlug ich schnell die Beine übereinander.

Jeden Tag hielt ich Ausschau nach ihr. Bemühte mich, sämtliche Kundengespräche so kurz wie möglich zu halten, um sofort zu ihr gehen zu können, falls sie vorbeikam. Sogar an meinem freien Tag radelte ich zum Autohaus. Es gab eine Parkbank, wo man geschützt saß und über den gesamten Parkplatz blicken konnte. Ich hatte eine Zeitung mitgebracht, die ich aufgeschlagen in den Händen hielt, ohne darin zu lesen. Doch die Frau zeigte sich nicht. Und da ich nicht einmal ihren Namen wusste, konnte ich auch nicht nach ihr suchen.

Eines Nachmittags nahm ich den Bus zu der Hochhaussiedlung, zu der wir gefahren waren. Ich ging zum Parkplatz und dann weiter zu den Häusern, zwischen denen sie verschwunden war. Ein völlig sinnloses Unterfangen, schoss es mir durch den Kopf. Aber im Grunde war alles sinnlos.

Vor mir befand sich ein Spielplatz, dahinter eine lange Reihe mit Hochhäusern. Sie konnte in jedes davon gegangen sein. Vielleicht wohnte sie hier, oder sie kannte jemanden, der hier wohnte. Vielleicht hatte sie etwas abholen oder abgeben wollen. Oder sie war aus einem völlig anderen Grund hier gewesen.

An den Fassaden waren Satellitenschüsseln angebracht, und mir war, als starrten die blanken Fenster auf mich hinab. Ich öffnete eine Tür und las die Namen auf der neben dem Eingang angebrachten Tafel. Die Namen sagten mir nichts, und ich hatte ja ohnehin keinen Schimmer, wonach ich suchen sollte. Ich dachte an den Jungen, den mit dem Tretroller. Ob er etwas wusste? Aber im Moment waren nirgends spielende Kinder zu sehen.

Irgendwann setzte ich mich vor einem der Häuser auf einen großen Stein. Im Beet gegenüber kniete ein alter Mann und jätete Unkraut.

»Sie sind jetzt mit der Tatortreinigung fertig«, sagte er.

»Der Tatortreinigung?«, fragte ich.

»In 18 E. Dritte Etage.«

Als ich mich umwandte, fiel mein Blick auf das Nummernschild an dem Haus hinter mir: 18 E.

»Sehr gut«, sagte ich.

»Wissen Sie Näheres darüber?«, fragte er und machte

sich gleichzeitig an einem besonders widerspenstigen Löwenzahn zu schaffen.

»Nein«, antwortete ich.

»Na, wer tut das schon? Aber das Ganze kam ziemlich gelegen, könnte man sagen.«

»Gelegen?«, hakte ich nach.

»Na, dass dieses Schwein sich umgebracht haben soll. Drogen und Nutten, heißt es. Bestimmt auch Kinder, schätz ich mal. Aber wenn Sie mich fragen, solche Typen nehmen sich nicht selbst das Leben. Die werden abgemurkst. Früher oder später hat jemand die Schnauze voll und bringt sie um die Ecke.«

Er rappelte sich auf, die Hand voller Unkrautwurzeln.

»Mir soll's recht sein«, sagte er. »Es gibt hier bestimmt noch ein paar mehr, deren Beseitigung den Nachbarn gut in den Kram passen würde.«

Ich sah hoch zu den Fenstern. Dahinter konnte sich alles Mögliche verbergen. Dann machte ich mich aus dem Staub und nahm den Bus nach Hause. Ich schaute aus dem Fenster und betrachtete die graue Stadt. Als der Bus an einer roten Ampel hielt, ließ ich meinen Blick in eine Seitenstraße schweifen. Und da war sie: eine Frau mit Sonnenbrille, zusammen mit einem Mann, der auf sie einredete. Sie hatte die Hände in die Hüften gestemmt und den Kopf in den Nacken gelegt. Es war deutlich zu sehen, dass er nicht die geringste Chance bei ihr hatte.

Mit einem Ruck fuhr der Bus weiter, doch obwohl ich mich umwandte und die Nase gegen die Scheibe presste, verlor ich sie aus den Augen. Die Lüftung pumpte warme Luft in den Bus. Ich lockerte meine Kleidung, doch kaum hatte ich meine Jacke aufgeknöpft, fröstelte ich.

Draußen waren viele Menschen unterwegs, und der Bus ruckelte an ihnen vorbei. Sie wirkten alle so zielstrebig mit ihren langen, entschlossenen Schritten. Und dann sah ich die Frau wieder. Dort! Und dort! Und da drüben! Wohin ich auch sah, überall, überall war sie. Ich war schweißgebadet.

Ich ließ den Bus meine Haltestellte passieren und fuhr noch drei Minuten weiter. Dann rannte ich den Radweg hinunter, stürmte ins Haus meines Onkels und stolperte die Treppen hinauf.

Mein Onkel saß auf dem Sofa. Er schaute gerade Fußball und war ganz in das Treiben auf der Mattscheibe versunken.

»Setz dich«, sagte er. »Setz dich, damit du kein Unglück mit reinbringst.«

Dann saßen wir da, er nach vorn gebeugt, ich kerzengerade, und beobachteten, wie die Spieler kreuz und quer über den Rasen rannten.

»Idioten!«, schrie er. »Idioten!«

Dann fiel ein Tor.

»Was hab ich gesagt?«, fragte er.

Er drehte sich zu mir, hielt dann aber mitten in der Bewegung inne und runzelte die Stirn.

»Du siehst aus, als hättest du ein Gespenst gesehen.«

Ich räusperte mich. »Nein.«

»Na, irgendwas ist doch mit dir.«

»Diese Idioten«, sagte ich, nickte zum Fernseher hin und trank rasch ein Glas Cola.

Ein paar Abende später stand ich vor dem Spiegel. Vielleicht war es Irrsinn, aber trotzdem: Ich versuchte, meinem Gesicht härtere Züge zu verleihen, zielstrebig auszusehen. Den Blick kalt werden zu lassen. Ossian leckte sich die Pfoten und beobachtete mich. Mit zusammengekniffenen Augen spähten wir einander an.

Gerade als ich mir die Zähne geputzt hatte, klopfte es an der Tür. Einbrecher, war mein erster Gedanke, aber welcher Einbrecher klopfte schon an? Also machte ich auf.

Und da stand sie.

»Darf ich reinkommen?«, fragte sie und schloss die Tür hinter sich.

Ihr Haar war zurückgekämmt, ihr Blick entschlossen. Mein Gehirn arbeitete auf Hochtouren, um etwas Einladendes, Spontanes, vielleicht sogar Forsches zu sagen, doch mein Mund brachte nur »Okay« heraus.

Wie ein grauer Schatten sprang Ossian die Wand entlang von ihr weg, und als sie eine abrupte Bewegung machte, drehte er sich zu ihr um und fauchte sie mit angelegten Ohren an.

»Normalerweise ist er nicht so«, sagte ich. »Eigentlich hat er Menschen gern.«

Sie beugte sich hinab und betrachtete ihn, wie er sich in die hinterste Ecke unter dem Bett kauerte. Dann fiel ihr Blick auf einen kleinen dunklen Klumpen am Boden. Eine Mäusegallenblase. Sie streckte sich danach und hielt sie dann zwischen den Fingern wie ein Juwel.

»Entschuldige«, sagte ich. »Eigentlich halte ich die Wohnung sauber.«

Sie schnipste das kleine Organ in einem perfekten Bogen in die Spüle. Ein kurzes Klirren, als wäre es ein Steinchen gewesen.

»Die Katze«, sagte ich.

»Ich mag Katzen«, sagte sie. »Die kümmern sich ebenfalls um Schädlinge. Aber jetzt muss ich duschen.«

Noch ehe ich etwas erwidern konnte, hatte sie die Badezimmertür geöffnet. Sie knipste das Licht an und ließ dann ein Kleidungsstück nach dem anderen zu Boden fallen. Als sie splitterfasernackt war, wandte sie sich zu mir um und sagte: »Ich mach dann mal die Tür zu, ja?«

Ich konnte nur nicken und ließ mich, als die Tür zwischen uns geschlossen war, in den Sessel fallen. Ich hörte, wie im Badezimmer das Wasser die Wand hinunterlief, und versuchte, mich zu sammeln. Doch meine Gedanken kamen immer wieder darauf zurück, wie sie vor mir gestanden und Stück für Stück ihre nackte Haut entblößt hatte.

Als sie aus dem Badezimmer trat, hatte sie ein Handtuch um den Kopf und ein weiteres um den Körper geschlungen.

»Bietest du mir einen Tee an?«, fragte sie.

Während ich rasch zum Wasserkocher ging, setzte sie sich in den Sessel. Aus dem Augenwinkel sah ich, wie sie sich das Handtuch vom Kopf wickelte, ihr Haar über die Schultern fallen ließ und sich dann in die Decke hüllte, die auf der Armlehne gelegen hatte.

»Danke«, sagte sie, als ich ihr den Tee reichte. »Ich hoffe, ich komme nicht ungelegen.«

Ich schüttelte den Kopf und setzte mich aufs Bett. Darunter fauchte Ossian.

»Ich sagte ja, dass ich mich eines Tages revanchiere. Ich bin im Reinigungsgeschäft tätig. Deshalb dachte ich, ich lasse mal von mir hören. Ich habe gerade ein bisschen Luft zwischen zwei Aufträgen.«

Natürlich hätte ich sie fragen sollen, woher sie wusste, wo ich wohnte und dass ich dieses Problem mit den Mäusen hatte, ob Hamid ihr den Tipp gegeben hatte, und wenn ja, woher sie ihn kannte. Doch eines ging mir in diesem Moment auf: Deshalb war sie bei den Hochhäusern gewesen – wegen einer Wohnungsreinigung.

Sie lächelte, blies auf den heißen Tee und trank einen Schluck. Ich wünschte, dass ich mir auch eine Tasse gemacht hätte, um etwas in den Händen halten zu können, anstatt nur stumm dazusitzen.

Ich betrachtete ihr perfekt gemeißeltes Gesicht, die langen, ihre Augen rahmenden Wimpern.

»Das hätte ich nicht gedacht«, brachte ich schließlich heraus. »Dass du in so einem Bereich arbeitest.«

Sie zuckte leicht die Schultern.

»Aber vielleicht denken die Leute bei mir auch, ich würde mit was anderem arbeiten«, fügte ich hinzu.

»Erzähl mir vom Autohaus.«

»Ach, da gibt's nicht viel zu erzählen«, sagte ich, fieberhaft nach einer besseren Antwort suchend.

»Dieser Typ, mit dem du da arbeitest«, sagte sie, trank einen Schluck Tee, verzog das Gesicht und nahm noch einen Schluck. »Magnus, nicht wahr? Scheint ein richtiges Drecksschwein zu sein.«

In diesem Moment fühlte es sich an, als hätte ich mit einem Mal einen Ausdruck für all das bekommen, was schon so lange in mir rumort hatte. Ein Drecksschwein. Magnus. Genau.

»Du scheinst einen fleißigen Kater zu haben.« Sie beugte den Kopf hinab, als wollte sie einen Blick auf Ossian erhaschen, der unter dem Bett kauerte.

»Er ist prima«, sagte ich, »wenn es um Mäuse geht. Eigentlich brauche ich also keine Hilfe damit. Auch wenn es manchmal ziemlich viele sind.«

Ich lachte, in der Hoffnung, sie würde mitlachen. Es war ja die Wahrheit, dass es hier viele Mäuse gab, aber ich wollte auch nicht den Eindruck erwecken, dass es sich um ein ernst zu nehmendes Problem handelte.

»Man könnte meinen, Raubtiere wären grausam«, sagte sie. »Wo Mäuse doch eigentlich ziemlich niedlich sind, findest du nicht auch?«

Obwohl ich nickte, spürte ich zugleich ein tiefes Unbehagen, wenn ich an die Mäuse dachte, die nachts über den Fußboden wuselten.

»Aber das ist nun mal der Lauf der Natur. Fressen oder gefressen werden. Schädlinge richten mehr Schaden an, als dass sie nützen. Irgendwer muss dem Ganzen ja ein Ende machen.«

Ihre Miene war ernst, und es schien, als ob sie mich und meine Situation verstünde. Dann lachte sie. »Eine Katze zum Beispiel!«

Sie biss in die Luft und formte ihre Finger zu Klauen. Ich lachte, und da lachte sie auch, ehe sie den letzten Schluck von ihrem Tee trank.

»Wenn man alles richtig macht, hinterlassen die Schädlinge kaum eine Spur«, sagte sie mit einem bedeutungsschwangeren Blick zur Spüle hin. »Manchmal auch gar keine. Sie verschwinden, und keiner vermisst sie. Stimmt's? Hinterher ist man vor allem erleichtert, dass wieder eine Art Ordnung hergestellt ist.«

Ich nickte und dachte, wie schön es doch wäre, wenn der Mäuseplage ein Ende gesetzt werden würde.

»Darf ich hier schlafen?«, fragte sie dann. »Ich muss allerdings früh raus.«

Ich nickte erneut. Sie ließ die Decke hinuntergleiten und kroch in mein Bett. Ihr Haar legte sich über mein Kissen, und sie betrachtete mich mit ihren Siebensternaugen. »Machst du das Licht aus?«

Ich stand auf, spürte kaum den Boden unter meinen Füßen, tastete mich im Dunkel voran und setzte mich in den Sessel.

Lehnte mich zurück und schloss die Augen.

»Was hast du für Träume?«, hörte ich sie sagen. »Was erhoffst du dir vom Leben?«

Jetzt, wo ich sie nicht mehr sah, fiel mir das Denken leichter, und ich überlegte einen Moment, ehe ich antwortete.

»Vielleicht ein besserer Autoverkäufer zu werden. Der beste von allen. Besser als Magnus, natürlich.«

»Dann ist das dein Ziel«, sagte sie. »Verstehst du das?«

»Ja.«

Zum ersten Mal seit Langem fühlte ich mich vollkommen entspannt.

Als ich aufwachte, war sie fort.

Ossian kroch unterm Bett hervor, so geduckt, dass sein Bauch über den Boden schleifte.

»Wie geht's, Kumpel?«, fragte ich.

Er fauchte mich an. Obwohl ich mit dem Futternapf schepperte, kam Ossian nicht zu mir. Schließlich setzte ich mich auf den Boden und wartete. Ganz vorsichtig kroch er näher, um dann wie in Zeitlupe auf meinen Schoß zu klettern.

Ich kraulte ihm den Rücken und dachte an die Frau. Es

gab so viel, was ich nicht über sie wusste, nicht einmal ihren Namen kannte ich. Ich setzte Ossian auf den Boden, trat ans Bett und schnupperte am Laken. Ihr Duft hing noch immer im Stoff. Sie war hier gewesen. Sie war tatsächlich hier gewesen.

Ich wandte mich zum Spiegel und sah mich an, mein viel zu kindliches Gesicht, meinen Mund, der ständig entschuldigend zu lächeln schien.

»Was erhoffst du dir vom Leben?«, hatte sie gefragt. Als könnte ich ein Ziel erreichen, indem ich es ins Auge fasste.

Ich ließ meinen Blick finster und meine Gesichtszüge härter werden. Streckte den Rücken durch und zog die Schultern zurück. So einfach war es also. Man fasste etwas ins Auge. Wetzte Zähne und Krallen, um sie bei Bedarf einsetzen zu können.

Als ich durch das Zimmer ging, wich Ossian zur Seite. Nicht aus Angst, eher so, als wollte er mir Platz machen. Ohne mich von ihm zu verabschieden, zog ich die Tür zu.

Ich weiß nicht, wie es kam. Es passierte schrittweise, aber schnell. Ich ging zum richtigen Zeitpunkt zu den Kunden und sagte die richtigen Sachen. Morgens entschied ich, welche Autos ich verkaufen wollte, und dann verkaufte ich sie. Kjell lobte mich und wollte mir ein Bier ausgeben.

»Mehr Provision wär mir lieber«, sagte ich.

Er lachte und gab mir einen Klaps auf die Schulter, doch in seinem Blick lag etwas, das ich noch nie zuvor bemerkt hatte. Ich setzte einen Vertrag nach dem anderen auf und fasste ein Ziel nach dem anderen ins Auge, um es dann zu erreichen. Scherte mich nicht darum, vor der Dämmerung nach Hause zu kommen, und dachte bei mir, dass ich es ganz einfach mit Hamid ausdiskutieren würde, wenn er mich darauf ansprechen sollte. Doch als wir uns in einem Café in der Stadt trafen, bestaunte er lediglich meine neuen Klamotten, und ohne viel Aufhebens lieh ich ihm einen Tausender.

Eines Tages bestellte Kjell mich in sein Büro. Er saß hinter dem Schreibtisch und schüttelte, während er sprach, seine schwere Uhr am Handgelenk zurecht.

»Ich dachte, du könntest Magnus' Büro übernehmen«, sagte er. »Bis jetzt hattest du ja kein eigenes.«

»Und was ist mit Magnus?«, fragte ich.

Er schob das Kinn zurück. Für einen Augenblick machte es den Anschein, als ob er jeden Moment in Gelächter ausbrechen würde, aber dann beherrschte er sich.

»Du magst in letzter Zeit ja ziemlich in deine Arbeit vertieft gewesen sein«, sagte er. »Aber du wirst doch wohl gemerkt haben, dass Magnus nicht mehr hier ist?«

Da fiel mir auf, dass ich ihn tatsächlich schon länger nicht gesehen hatte.

»Hat er gekündigt?«, fragte ich.

Kjell zuckte die Achseln.

»Keine Ahnung«, antwortete er. »Er ist eines Morgens einfach nicht aufgetaucht und hat sich seitdem nicht blicken lassen. Ich weiß ja, dass er ein ziemlicher Blender war, aber sich einfach so aus dem Staub zu machen ... Wenn du ihn siehst, kannst du ihm ausrichten, er soll sich bloß nicht einbilden, er könnte wieder hier anfangen!«

Auf dem Heimweg versuchte ich mich zu erinnern, wann ich Magnus das letzte Mal gesehen hatte, doch seitdem die Frau mit den Siebensternaugen bei mir zu Hause gewesen war, schwirrte mir nur noch die Arbeit im Kopf herum. War es möglich, dass ich ihn seit jenem Abend nicht mehr gesehen hatte? Zu Hause angekommen, entsorgte ich die Überbleibsel zweier Mäuseleichen und füllte Katzenfutter in den Napf. Ossian fraß und schnurrte.

Tags darauf setzte ich mich an Magnus' Schreibtisch. In den Schubladen lagen Kopien alter Verträge, am Bildschirm klebten Post-its mit Telefonnummern und kurzen Anmerkungen zu diversen Kunden. Ich fuhr den Computer hoch und fand das Passwort auf einem Zettel unter dem Mousepad.

Als ich das Mail-Programm öffnete, sah ich, dass die eingegangenen Mails seit einigen Wochen nicht beantwortet worden waren. Ordner für Ordner durchsuchte ich den Computer. In einem »Diverses« betitelten Ordner lagen ein paar Filmclips. Ich klickte den obersten an, schloss ihn aber rasch wieder, als stöhnende, nackte Menschen aufploppten. Stattdessen scrollte ich weiter runter zu den Bildern. Darauf waren Frauen in allen möglichen und unmöglichen Stellungen zu sehen. Ich neigte den Kopf zur Seite, um zu erkennen, wo oben und wo unten war. Je weiter ich mich klickte, desto vulgärer wurden die Bilder. Ich sah Magnus vor meinem geistigen Auge, wie er, wenn in der Verkaufshalle nichts los war, hier vor dem Computer gesessen hatte, mit seinem gegelten Haar und dem schleimigen Grinsen.

Kjell steckte seinen Kopf zur Tür herein. »Sag Bescheid, wenn du was Interessantes findest. Die Konten habe ich bereits kontrolliert, aber es scheint nichts zu fehlen. Auch kein Auto.«

»Hast du seine Adresse?«, fragte ich.

Ich borgte mir den Firmenwagen und fuhr durch die

Stadt. Magnus' Reihenhaus war wie aus dem Ei gepellt. So wie alle Häuser ringsherum, überall Blumenbeete im selben Stil. Ich klingelte an der Tür.

Eine junge Frau in Jogginghose, die Haare am Hinterkopf zu einem nachlässigen Knoten zusammengebunden, machte mir auf.

»Ich hatte vorgehabt, im Autohaus anzurufen«, sagte sie, nachdem ich mich vorgestellt und nach Magnus erkundigt hatte. »Aber ... ich weiß auch nicht.«

Sie zuckte die Schultern.

»Sie wissen schon, Magnus war immer so ... Er kam und ging, wie ihm die Nase gewachsen war. Hat bei Freunden übernachtet und so weiter.«

Sie zögerte kurz.

»Ich bin nicht dumm, falls Sie das jetzt glauben. Ich weiß sehr wohl, was dahintersteckte. Einmal hatte er was mit der Tochter unserer Nachbarn. Fünfzehn oder sechzehn, älter war sie nicht. Ihr Vater ist durchgedreht. Er stand vor unserer Tür und brüllte, dass er Magnus totschlagen würde und was weiß ich noch alles. Ich musste zu ihm rausgehen und ihn beruhigen, ihm sagen, dass er den Kindern Angst macht. Und wissen Sie, wo Magnus in der Zeit war? Er hat sich im Kleiderschrank versteckt.«

Sie brach in schallendes Gelächter aus, und ich schüttelte den Kopf. Sie löste ihren Haarknoten. Dann hielt sie inne; verschränkte die Arme und sah zum Parkplatz hinter mir.

»Vielleicht ist es ja das Beste«, sagte sie, »dass er sich einfach so in Luft aufgelöst hat. Man vermisst ihn ja nicht direkt. Dieses verdammte Dreckschwein. Was hat jemand wie er in der Welt schon für einen Nutzen?«

Ich starrte sie an, doch es war, als ob sie mich gar nicht mehr bemerkte. Also verabschiedete ich mich und ging. Als ich die Autotür öffnete, hörte ich, wie sie mir hinterherrief, ich könne sie ja anrufen, wenn ich etwas von ihm hörte.

Ich reckte den Daumen hoch und fuhr los.

Obwohl mir bis eben noch ziemlich warm gewesen war, drehte ich die Heizung voll auf. Vor meinem inneren Auge sah ich Magnus' Lebensgefährtin, die sein Verschwinden mit einem schlichten Schulterzucken quittiert hatte. Dann dachte ich an die Siebensternfrau, wie sie das Mäuseorgan zwischen den Fingern gehalten und es quer durchs Zimmer geschnipst hatte. Sie hatte mir einen Gefallen versprochen. Ich spürte, wie mir der Schweiß auf die Stirn trat. Ich fuhr an Menschen vorbei, die vor ihren Autos standen, Autos, die sie vielleicht von mir gekauft hatten, erkannte jedoch keines der Gesichter wieder, sie alle waren mir fremd.

Ich fuhr an den Straßenrand, ohne nach draußen zu sehen. Ich wollte keine Menschen sehen, ihren Blicken nicht begegnen, aus Angst, was ich darin finden könnte. Meine Beine zitterten.

Ich zog mein Handy heraus.

»Hamid?«, fragte ich, als er ranging.

Im Hintergrund ein Poltern, er klang fröhlich und schwatzte drauflos, über dieses und jenes.

»Hamid«, sagte ich. »Halt's Maul. Ich habe eine Frage.«

Er verstummte.

»Kennst du eine Frau, die im Reinigungsgeschäft tätig ist?«

»Was?«

Kein Zweifel, er hatte nicht den leisesten Schimmer, wovon ich sprach.

»Okay. Dann habe ich eine andere Frage.«

Ich schloss die Augen und holte tief Luft.

»Glaubst du, man kann einfach so verrückt werden?«

Während ich auf seine Antwort wartete, hielt ich die Augen weiterhin geschlossen.

»Definiere verrückt«, sagte er schließlich.

Ich fuhr ohne Umschweife nach Hause. Als ich die Tür zuzog, schmiegte sich Ossian an meine Beine. Kaum hatte ich mich in den Sessel fallen lassen, kletterte er auf meinen Schoß. Er schnurrte, während meine Finger über sein Fell glitten. Wie wir so dasaßen, spürte ich, wie mein Herz in der Brust und seines gegen meinen Oberschenkel pochte.

Plötzlich verstummte Ossian. Sein ganzer Körper spannte sich an. Ein dunkler Schatten huschte über den Boden. Für den Bruchteil einer Sekunde saßen wir wie unter Strom da. Dann sprangen wir auf.

Ich lag bäuchlings am Boden, die Arme über dem Kopf ausgestreckt, und spürte die Maus unter meinen Händen. Wölbte die Finger, damit sie nicht entwischen konnte. Ossian kauerte unmittelbar neben mir und presste seine kalte, harte Nase gegen meine Hände. Ich knuffte ihn in die Seite, um ihn fortzujagen.

Vorsichtig richtete ich mich auf und ging zur Tür. Nach einer Weile gelang es mir, sie mit dem Ellbogen zu öffnen. Die Maus scharrte gegen meine Handflächen, sie war so klein und zerbrechlich, wie sie da drinnen gefangen war. Eine leichte Beute, für jedes Raubtier. Ich streckte ein Bein aus, um Ossian den Weg zu versperren, dann setzte ich die Maus vorsichtig im Gebüsch ab und sah ihr nach, wie sie verschwand.

Ossian kniff die Augen zusammen, machte einen Buckel und fauchte mich an, während sich seine Beute in Sicherheit brachte. Der Kater und ich sahen uns in die Augen.

Mit einem Mal stand etwas zwischen uns.

UNWETTER

Ich lasse die Tür zu Tildas Zimmer einen Spaltbreit geöffnet, auch wenn es immer heißt, es sei besser, wenn es nachts ganz dunkel ist. Aber so ein bisschen Licht hat wohl noch keinem geschadet, und außerdem ist sie schon fast eingeschlafen.

Nur zur Sicherheit drücke ich rasch die Klinke der Wohnungstür hinab, die natürlich abgeschlossen ist, dann gehe ich weiter in die Küche und werfe einen Blick auf mein Handy: noch reichlich Zeit. Ich lege das Handy auf den Küchentisch, stoße die Balkontür auf, trete nach draußen und fluche, weil der Balkonboden nass ist und ich geradewegs in eine Pfütze gelaufen bin. Auf einem Bein balancierend ziehe ich mir die Strümpfe aus, erst den einen, dann den anderen, und schlüpfe in meine Latschen. Ich stecke mir eine Zigarette an und lehne mich über das Geländer. Ich tue mein Möglichstes, damit Tilda mich nicht beim Rauchen sieht. Hin und wieder kann es natürlich trotzdem vorkommen, manchmal reicht sie mir die Kippenschachtel sogar, aber normalerweise nutze ich die Gelegenheit, wenn sie gerade schläft oder spielt. Das fühlt sich einfach besser an. Keine Ahnung, wieso. Sie ist so klein, da wird sie noch gar nicht so viel begreifen.

Unter einer Straßenlaterne steht ein alter Mann und wartet darauf, dass sein Hund fertig pinkelt. Ich sehe ihn öfter, er geht fast jeden Tag um diese Uhrzeit spazieren, ich habe aber keine Ahnung, wo genau er wohnt. Unten auf dem Parkplatz bilden die Autos schnurgerade Linien. Mein Stellplatz steht leer. Sachte lasse ich Rauch aus meinem Mund strömen.

Mein Vater meint, ich solle den Stellplatz vermieten, wo ich doch jetzt kein Auto mehr habe. Aber ich weiß nicht so recht. Er gehört mir ja nicht, er gehört eben zur Wohnung dazu. Und wer würde schon Geld dafür ausgeben? Manchmal parkt einfach so jemand sein Auto dort. Was mich ziemlich wütend macht, weil es dann so aussieht, als ob ich Besuch hätte. Von immer anderen Autos.

Meinem Vater und meiner Mutter sage ich immer, das Auto würde mir nicht fehlen, es habe sowieso nur Ärger gemacht: Rost und TÜV und Reifenwechsel. So ist das mit Autos. Außerdem wohne ich jetzt mitten in der Stadt, und fast alles ist zu Fuß erreichbar.

Als Großmutter ins Heim kam, hieß es, ich könne fürs Erste in ihrem Haus wohnen, sonst würde es ja doch nur leer stehen. Also machte ich einen Abstecher dorthin, bloß um zu schauen. Mein Vater fuhr mich. Dabei kannte ich das Haus natürlich schon. Tilda und ich hätten dort jede Menge Platz gehabt. Je ein Schlafzimmer, ein weiteres Zimmer sowie ein großes Wohnzimmer. Außerdem ein Esszimmer und ein Wintergarten. Und natürlich der Stall. Wie ich so dastand und in die Boxen lugte, schoss mir durch den Kopf, dass ich wieder ein Pferd haben könnte, so wie damals, als ich noch zu Hause gewohnt habe. Tilda könnte ein Pony bekommen. Wir gingen wieder nach draußen und sahen uns den Zaun rings um die Koppel an. An einigen Stellen war er etwas marode, aber das würde sich leicht reparieren lassen.

Dann spähte ich hinüber zum Wald, der gleich hinterm Haus liegt. Ein Nadelwald, so dicht, dass man kaum einen Meter hineinsehen kann. Ein Schotterweg, der zum Haus führt. Wenn ein Auto aufs Grundstück fährt, kann keines hinausfahren.

Jedenfalls nicht, wenn das hereinkommende Auto in der Mitte fährt.

»Das macht zu viel Arbeit«, sagte ich. »Jedenfalls im Moment. Ich hab mit Tilda genug um die Ohren.«

Vater zuckte die Schultern, als hätte er meine Antwort bereits geahnt. Als hätte er nichts anderes erwartet.

»Und wofür sind wir dann überhaupt hergekommen?«, fragte er, als wir rückwärts vom Grundstück fuhren. Wortlos sah ich zum Fenster hinaus.

Ich halte die Zigarette zwischen Zeige- und Mittelfinger, und presse die übrigen Finger und die Handfläche gegen die Knöchel der anderen Hand. Dann wechsele ich die Hände. Es tut gut, wie die Gelenke knacken.

Das Haus am Wald hat mein Großvater gebaut. Ich kann mich kaum an ihn erinnern, denn als er starb, war ich gerade erst eingeschult worden. Nur dass er irgendwie eklig roch, das weiß ich noch, und dass ich ein bisschen Angst vor ihm hatte. Aber vermutlich sollte man Toten anders gedenken. Auf Großvaters Beerdigung hat Vater geweint. Ich fand das irgendwie unheimlich, denn ich hatte ihn noch nie weinen sehen. Vielleicht will ich deshalb nicht, dass Tilda zusieht, wenn ich weine. Großmutter hat nicht geweint. Sie saß in der Kirche, den Mund zu einem Strich zusammengepresst, ging zum Sarg, als der Pastor sie dazu aufforderte, und schüttelte allen, die gekommen waren, die Hand. Tags darauf fuhr Mutter mich zu ihr. »Vielleicht kannst du sie auf andere Gedanken bringen.« Aber Großmutter war gerade dabei, Mandelplätzchen zu backen, als wäre nichts gewesen. Der strenge Geruch breitete sich in sämtlichen Zimmern aus, aber Großmutter sagte immer: Beschwer dich nicht über den Geruch, wenn du später kosten willst. Also schwieg ich. Und saß später beinebaumelnd auf der Küchenbank und probierte die Plätzchen.

Eine seltsame Erinnerung.

Plötzlich fährt ein Auto auf den Parkplatz, fast lautlos, die Scheinwerfer zum Boden gerichtet. Ein Schleicher, wie Robin jetzt sagen würde. Er meint, dass man Autos, die nicht zu hören sind, nicht trauen dürfe. Aber der Schleicher parkt nicht auf meinem Stellplatz, sondern fährt weiter und verschwindet hinter dem Haus. Soll mir recht sein.

Robin sagte einmal, mein Auto würde nach nichts aussehen, aber man müsse sich eben mit dem zufriedengeben, was man habe. Einmal kroch er unter das Auto, um es auf Rost hin zu prüfen. Es gefiel mir, auf seine unter dem Auto hervorlugenden Füße hinunterzuschauen, und als er schließlich mit schwarzen Händen wieder herauskroch und sagte, dass alles okay wäre, kam es mir so vor, als wären wir richtige Erwachsene.

Wir hatten uns auf einer Party bei Lollo getroffen. Ich glaube, es war meine erste Party nach Tildas Geburt gewesen. Ich kannte ihn zwar vom Sehen, weil er ein paar Stufen über mir auf der Frostasskolan gewesen war, aber mehr wusste ich nicht von ihm. Er war so einer, der sich stets bei seiner Clique aufhielt, den man zwar ständig sah, aber nie so richtig wahrnahm. Vielleicht gehörte ich auch zu dieser Sorte. Aber auf Lollos Party war er betrunken und gut drauf, und das war ich ebenfalls, wenn auch nicht ganz so sehr. Ich saß auf dem Sofa, und er setzte sich mir gegenüber, mixte uns Drinks, ein bisschen von meinem, ein bisschen von seinem Zeug, brachte mich mit dem, was er erzählte, zum Lachen, und mir nichts, dir nichts lag seine Hand auf meinem Oberschenkel.

»Ich habe eine Tochter«, sagte ich und kippte meinen Drink hinunter, wohl vor allem, weil ich es für fair hielt, ihm davon zu erzählen.

»Die hat Glück«, erwiderte er. »So eine Mutter zu haben.«

Damit hatte er mich.

Andrea hat da diese Theorie, dass die wahre Persönlichkeit eines Menschen in betrunkenem Zustand zutage tritt; wer fröhlich ist, wird fröhlicher, wer jähzornig ist, wird jähzorniger. Wahrscheinlich ist da etwas dran, man braucht ja nur Menschen beobachten, die ein paar Gläser intus haben. Doch gleichzeitig irrt Andrea. Bei ihr klingt es nämlich so, als hätte man nur eine. Nur eine Persönlichkeit.

Ich reibe die Hände aneinander und ziehe mir die Kapuze über den Kopf. Der Aschenbecher quillt bald über, aber meine Kippe wird gerade noch so reinpassen, wenn ich sie zu Ende geraucht habe.

Mein Vater hatte mehrmals angeboten, im Wald neben Großmutters Haus für Ordnung zu sorgen. Die Tannen waren dermaßen in die Höhe geschossen, dass ein paar von ihnen schon das Haus überragten.

»Eines Tages fallen sie um«, hatte er gesagt. »Bei einem Sturm oder einem Unwetter.«

Einmal hatte ich sie in den Herbstferien bei ihr besucht, ich glaube, da ging ich in die Mittelstufe. Es hatte ein solcher Sturm getobt, dass die Fenster wackelten. Vor meinem geistigen Auge hatte ich die Bäume wie Mikadostäbchen aufs Haus stürzen sehen, während ich vollständig bekleidet unter der Bettdecke kauerte, für den Fall, dass ich mich nach draußen retten müsste. Jeden Morgen nach dem Aufwachen war ich heilfroh gewesen, überlebt zu haben, und in den Frühjahrsferien hatte ich meinen Eltern gesagt, ich wolle nicht zur Großmutter fahren, weil es dort sterbenslangweilig sei, aber ich wurde natürlich trotzdem hingeschickt.

Vater hat mir einmal erzählt, meine Urgroßeltern hätten fürchterliche Angst vor Gewittern gehabt. Vermutlich galt das damals für alle Menschen. Wenn sie draußen den ersten Donner grollen hörten, zogen sie sich die Jacken über und stopften das Silberbesteck in eine Tasche, die sie fest umklammert hielt. Dann saßen sie da und warteten ab, ob das Gewitter vorüberzog, oder ob der Blitz einschlug. Damals brannten viele Häuser ab; war der Blitz erst einmal eingeschlagen, gab es keine Rettung. Die Bäume brachen entzwei und fielen kreuz und quer übereinander. Heutzutage hat man für solche Fälle wohl Blitzableiter oder etwas in der Art, oder vielleicht – ach, ehrlich gesagt weiß ich gar nicht, warum es heute weniger gefährlich ist.

Hin und wieder hatte ich das Gefühl, dass meine Großmutter sich geradezu nach Gewittern sehnte. Sie war dann immer irgendwie anders. Als sähe sie gern dabei zu, wie die Bäume bedrohlich hin und her schwankten. Als warte sie darauf, dass der Blitz einschlug, um zu sehen, ob das Haus standhalten würde oder nicht.

Womöglich ist es so wie mit Pferden. Die widerspenstigen reizen einen immer am meisten. Weil man sich stark und unbesiegbar fühlt, wenn man sie kontrollieren kann, ja sie beherrscht. Aber natürlich darf man dann hinterher nicht heulen, wenn man abgeworfen wurde.

Manchmal fehlt mir das Auto. Wir konnten nach Lund fahren und durch die Geschäfte bummeln, Tilda und ich. Jetzt müssen wir den Bus nehmen. Das ist nicht dasselbe.

Einmal sind wir auf einer Party bei Jens in Ludvigsborg gewesen. Robin und ich hatten etwas getrunken, er deutlich mehr als ich, trotzdem wollte er unbedingt fahren.

»Betrunken oder nicht, du bist und bleibst eine miserable Autofahrerin«, sagte er, als ich protestierte.

Vom Beifahrersitz aus sah ich die Landschaft verschwommen am Fenster vorbeiziehen. Das Radio war voll aufgedreht. Ich erinnere mich nicht genau, was dann passierte, plötzlich hörte ich mich selbst laut aufschreien. Als ich mich zu Robin wandte, sah ich, wie er verwundert mit den Fingern durch ein Rinnsal Blut strich, das ihm die Stirn hinunterlief.

»Verdammt«, sagte er.

Ich musste mich durch die Fahrertür hinauszwängen, weil die Beifahrerseite völlig zerknautscht war. Wir fanden uns auf einem Acker wieder und betrachteten das Wrack, das einmal mein Auto gewesen war. Aufgewühlt betasteten wir uns gegenseitig. Schürfwunden, mein rechtes Knie tat weh, aber sonst nichts. Er küsste mich, sowohl auf beide Hände als auch auf beide Wangen, während das Blut von seiner Stirn auf mein Haar hinuntertropfte.

Er wollte Sex mit mir haben, dort, an Ort und Stelle, und zupfte an meinen Kleidern, es war wie im Rausch, und ich kann mich nicht so genau erinnern. Nach einer Weile kamen jedenfalls ein paar Typen in einem alten Volvo vorbei, und als wir uns auf die Rückbank zwängten, konnten wir mit dem Lachen gar nicht mehr aufhören.

»Da war ein Reh«, erzählte ich meinem Vater.

»Ein Reh?«, fragte er. »Du hattest doch nichts getrunken, oder?«

Ich verdrehte die Augen.

Dann erkundigte er sich nach meiner Autoversicherung, worauf ich einwarf, es wäre ja ohnehin eine Schrottkiste gewesen, und er entgegnete, dann müsse ich eben selbst zusehen, wie ich das Geld für einen neuen Wagen zusammenkratzte.

Jetzt bin ich fast am Filter angekommen. Noch ein paar Züge, dann ist die Kippe aufgeraucht. Ich werfe einen Blick aufs Handy. Es ist immer noch etwas Zeit.

Auf der anderen Straßenseite kommt Gert den Bürgersteig entlanggelaufen. Der alte Sack. Er war es, der mich beim Hausmeister angeschwärzt hat, da bin ich mir sicher.

»Ist mir scheißegal, ob du den Lärm veranstaltest oder deine Gäste«, hat er einmal gesagt, als wir uns im Treppenhaus über den Weg liefen. »Nachts herrscht hier Ruhe! Ist das so schwer zu kapieren?«

Das war so verdammt ungerecht. Wo ich mich doch immer ganz ruhig verhalten hatte. Ich wollte Tilda ja nicht wecken.

Der Vermieter schickte jedenfalls den Hausmeister vorbei, ich nehme an, damit er ein ernstes Wort mit mir redete und nach dem Rechten sah. Er bemerkte das faustgroße Loch auf Höhe meines Gesichts in der Schlafzimmertür.

»Wenn Sie ausziehen, kommen Sie dafür auf«, erklärte er.

»Das war ein Unfall«, sagte ich. »Mein Freund war hier, und als wir ein Regal verrücken wollten, ist er gestolpert.«

Ich sah dabei zu, wie er sich alles in seinem Notizbuch notierte, und versuchte, nicht darüber nachzudenken, was es kosten würde.

Ich atme den Rauch tief in die Lungen ein, möchte die Zigarette bis zum letzten Zug auskosten.

Meine Mutter und ich haben mal so eine Talkshow im Fernsehen gesehen. Da war eine Frau, die lange von ihrem Mann misshandelt worden war. Sie sagte, dass sie nie bewusst beschlossen hätte, dass jetzt Schluss damit sei. Sie sei einfach eines Morgens aufgewacht, mit dem Gefühl, von nun an nicht mehr geschlagen werden zu wollen.

Wenige Wochen später sah ich den Hausmeister, wie er gerade eine Glühbirne neben dem Hauseingang auswechselte.

»Ich habe meine Schlüssel verloren«, sagte ich. »Mein Schloss müsste ausgetauscht werden.«

»Schloss auswechseln?«, fragte er. »Das kostet ein paar Tausend Kronen.«

»Meine Tasche wurde gestohlen.«

»Haben Sie Anzeige erstattet?«

»Dazu bin ich noch nicht gekommen.«

Er schraubte die neue Glühbirne ein und setzte dann das Gehäuse auf. Mir kam es vor, als würde er mit sich ringen, und ich wollte ihn nicht dabei stören. Ich bot ihm eine Zigarette an, doch er lehnte ab. Stattdessen steckte er sich eine Portion Snus unter die Oberlippe, und ich stand da, die Arme um den Körper geschlungen, und nahm tiefe Züge aus meiner Zigarette.

»Ich bin um drei bei Ihnen«, sagte er, woraufhin ich nickte.

Eine Woche später kam er noch einmal vorbei, dieses Mal mit einer neuen Schlafzimmertür.

»Ich verbuch die Tür unter allgemeinem Verschleiß«, sagte er. »Es wird Sie nichts kosten. Aber geben Sie bitte auf Ihre Schlüssel acht! Damit keiner kommt und noch mehr Sachen ramponiert.«

Ich drücke den Zigarettenstummel in den Aschenbecher, gehe rein und ziehe die Balkontür hinter mir zu. Mein Vater hat mir geholfen, ein Schloss anzubringen.

»Ist bestimmt eine gute Idee«, sagte er, als ich ihn darum bat. »Heutzutage treibt sich so viel Pack im Dorf rum.«

Dann knipse ich die Küchenlampe aus, gehe ins Bad und putze mir die Zähne. Ziehe mir Leggings und einen Pulli an. Früher habe ich nur im Slip geschlafen, aber das mache ich jetzt nicht mehr. Was ist, wenn etwas passiert, ein Feuer oder ein Unwetter? Wenn ich nach draußen rennen muss?

Ich drücke noch einmal die Türklinke hinab, mittlerweile ist das eine richtige Marotte von mir, die Tür ist ja sowieso abgeschlossen. Tilda schläft in ihrem Bett, ihr Gesicht sieht so zart und friedlich aus.

Dann höre ich das Donnergrollen auf dem Parkplatz. Bei dem Geräusch fängt mein Herz noch immer zu hämmern an.

Er hat sich einen alten Saab angeschafft. Robin. Keinen

Schleicher. Ich drücke mich rücklings an die Küchenwand und taste mich vor bis zum Fenster. Ich weiß genau, wo ich stehen muss, damit man mich von draußen nicht sieht. Ganz langsam fährt er über den Parkplatz. Der Motor seines Autos grollt.

Immerhin ruft er kaum noch an. Eine Zeit lang hab ich darüber nachgedacht, mir eine neue Telefonnummer zuzulegen, aber hier im Dorf weiß sowieso jeder alles von jedem, und es genügt schon, eine scheinbar harmlose Frage zu stellen, um von jemandem eine Antwort zu bekommen. Und irgendwo muss ich meine Nummer schließlich hinterlassen, zumindest bei der Arbeit. Wenn er anruft, dann meistens am Wochenende, wenn er getrunken hat, ein Anruf nach dem anderen, eine Nachricht nach der anderen. Meist stelle ich das Handy auf lautlos.

Schlimmer ist es, wenn er versucht, sich Zutritt zu verschaffen, wenn er im Hausflur steht und gegen die Tür hämmert.

Wenn nur die Nachbarn nichts mitbekommen, denke ich dann. Wenigstens Gert nicht. Wenn er nur Tilda nicht weckt.

Das Licht der Scheinwerfer tastet sich über den Asphalt, und wenn ich die Augen schließe, kann ich nur am Geräusch fast erkennen, wie schnell er fährt. Jetzt hat er gesehen, dass mein Stellplatz leer ist.

Bestimmt weiß er, dass ich hier stehe. Jeden Abend. Ich hier oben, er dort unten. Vielleicht hämmert sein Herz genauso sehr wie meins.

Bald wird er wieder anrufen. So, als wüsste er, dass ich früher oder später rangehen werde, die Frage ist nur, wann. Als wüsste er es einfach. Als wüsste er, dass jemand, der so lange mit dem Donnergrollen gelebt hat, die ganze Zeit darauf wartet. Und am Ende alles dafür tut, damit es aufhört. Selbst wenn das bedeutet, sich dort hinzustellen, wo der Blitz einschlagen kann. Und dann steht man da und wartet, ob man mit heiler Haut davonkommt.

EIN SICHERER HAFEN

Viele Jahre zuvor streifen mein Vater und ich zwischen dem Sturmholz durch den Wald. Er trägt Gummistiefel, und seine Füße sind schwer in der nassen Erde. Ich selbst trage Turnschuhe, durch deren Sohlen die Feuchtigkeit sickert.

»Zum Henker«, sagt Vater. Sein Kinn ist nach vorn geschoben, seine Augen grau. Die Tannen liegen kerzengerade am Boden, mit bloßliegenden Wurzeln wie ein flacher, fusseliger Webteppich.

Mit dem Zweig, den Vater genommen hat, um sich darauf abzustützen, stochert er jetzt im Moos herum.

»Wenn es nicht den ganzen Herbst geschüttet hätte, wären die Bäume stärker verwurzelt gewesen«, sagt er. »Und dann noch dieser Sturm.«

Er geht vorneweg, während ich versuche, zumindest den gröbsten Pfützen auszuweichen, und ich erzähle ihm von dieser Sache, die ich in den Nachrichten gehört habe. Davon, dass auch die weit ausgedehnten Tannenpflanzungen ein Problem seien. Wenn ein Baum fällt, reißt er den nächsten mit sich, der den nächsten mit sich reißt und so weiter und so fort. Ein Dominoeffekt. Aber natürlich kann man dem vorbeugen, und außerdem weiß man ja, dass sie früher oder später kommen: die Stürme.

»Naturgewalten«, sagt mein Vater, als hätte er mir überhaupt nicht zugehört, und vermutlich hat er das auch nicht. »Was soll man gegen die schon ausrichten? Ja was bleibt einem denn anderes übrig? Wenn die Katastrophe kommt, dann kommt sie.«

Wie er so vor mir hergeht, macht es den Anschein, als hätte er rein gar nichts davon mitbekommen, wie sich die Zeichen aneinandergereiht haben, eines an das andere.

Damals hatte ich geglaubt, dass wir grundverschieden wären. Dass ich ganz anders wäre als er.

1.

Ich habe Arbeit auf einer Baustelle in Jönköping bekommen. Die ganze Woche über bin ich dort und fahre freitags immer erst spät nach Hause. Nora ist gerade ein paar Monate alt. Wir haben kürzlich das Haus gekauft, und wenn mir alles wehtut, denke ich an die Tausend-Kronen-Scheine, die auf mein Konto trudeln. Etliche Abende habe ich mit diversen Rechnungen vor dem Computer verbracht, aber jetzt ahne ich endlich ein Licht am Ende des Tunnels. Im Sommer werden wir in Urlaub fahren können, werden zusammen sein und ausspannen. Zu dritt. Irgendwo, wo es warm ist. Wenn ich nicht einschlafen kann, liege ich da und stelle mir den Strand und das Meer vor.

Am Abend ruft Stina an. Vor meinem geistigen Auge sehe ich sie im Erkersessel sitzen, draußen schüttet es, sie hält eine Tasse Tee in der Hand und hat sich eine kleine

Lampe angeknipst. Doch dann höre ich Nora im Hintergrund.

»Schreit sie wieder? Hast du schon mit der Kinderärztin gesprochen?«

»Ich fange jetzt mit Pulvermilch an. Bestimmt wird es bald besser«, sagt sie, vielleicht mehr zu sich selbst als zu mir.

Und es wird besser. An den Wochenenden liege ich mit Nora im Bett, drücke sie an meine Brust. Sie fühlt sich so weich an, ihre kurzen Atemzüge kitzeln auf der Haut. Ihr Geruch ist so anders als alles andere, ein Duft, der niemals verschwinden soll. Ich lasse Stina lange duschen. Manchmal kommt sie aus dem Bad und legt sich neben uns, fast noch dampfend warm, das Haar dunkel von der Feuchtigkeit. Sie nickt fast augenblicklich ein, und ich wecke sie nur, wenn Nora nach ihrer Brust schreit.

2.

Im Sommer bauen wir ein Zimmer auf dem Dachboden, das Nora später bekommen soll. Mein Vater schaut vorbei, um uns unter die Arme zu greifen, und Stina hat Tapeten und einen Bodenbelag ausgesucht, mit Katalogen und Zeitschriften hat sie auf dem Sofa gesessen und mich hin und wieder nach meiner Meinung befragt, obwohl sie sich im Grunde längst entschieden hatte.

Wenn wir nach unten kommen, hat Stina das Abendessen vorbereitet. Wir sind wie eine richtige Familie, mit Stina und Nora auf der einen Seite des Tisches und Vater zu Besuch auf der anderen. Schüsseln und Töpfe wandern zwischen uns hin und her, es klirrt, und wir lachen.

»Könnt ihr mit dem Ausbau nicht ein bisschen schneller machen?«, fragt Stina in der zweiten Woche unseres Bauprojekts.

»Dann komm halt rauf und pack mit an.«

Ich zeige ihr, wie sie mit dem Spachtel umgehen muss, um den Putz glatt zu streichen. Schon bald hat sie den Bogen raus. Aber dann wacht Nora auf. Seufzend legt Stina das Werkzeug beiseite.

»Warte kurz«, sage ich und ziehe sie zu mir heran.

»Stell dir vor, sie wäre schon alt genug, um allein hier oben zu schlafen«, sagt sie mit einem Lächeln, das genauso schief hängt wie ihr Haarknoten.

»Das kann noch ein bisschen dauern«, sage ich.

Nora weint immer lauter. Ich lasse Stina los und sehe sie die Treppe runtergehen.

Im August fahren wir in Urlaub, und obwohl die Hälfte der Zeit sprichwörtlich ins Wasser fällt, erinnere ich mich vor allem an die sonnigen Tage. An Nora, wie sie lauthals auflacht, als wir ihre Füße in das salzige Meerwasser eintauchen. An Stina und mich, wie wir uns leise unter der Decke berühren.

3.

Dann kommt der Winter. Einer dieser nasskalten Winter, in denen die Dunkelheit gar nicht mehr weichen will.

Ich muss nach Kristianstad pendeln, eine Stunde hin, eine Stunde zurück, aber den Auftrag habe ich schon vor längerer Zeit angenommen, und zumindest kann ich zu Hause schlafen. Stina möchte noch damit warten, einen Kindergartenplatz für Nora zu suchen, aber ich sage ihr, dass wir es schon schaffen, dass wir zwar alles ordentlich durchrechnen müssen, aber dass wir es hinkriegen können. Wenn jemand Überstunden machen soll, melde ich mich freiwillig, schufte hier und da ein Wochenende. In einer Woche arbeite ich mehrmals bis Mitternacht. Die Scheinwerfer der entgegenkommenden Autos brennen mir in den Augen. Das Haus liegt still im Dunkeln, und ich stelle die Lautstärke am Fernseher auf die niedrigste Stufe.

Doch wenn ich früher nach Hause komme, sitzen wir zusammen auf dem Sofa, sobald Nora eingeschlafen ist. Ich mache Feuer im Kamin, mit dem Holz, das mein Vater im Wald gehauen hat. Vom Sturmholz ist noch immer einiges übrig. Stina bringt ein Tablett mit Kaffee und Butterbroten. Sie massiert mir die Schultern, und ich massiere ihre Füße.

»Kleine Kinder sind Knochenarbeit«, sagt Vater, als wir uns das nächste Mal sehen.

»Ihr müsst euch auch umeinander kümmern«, sagt meine Mutter.

»Das machen wir die ganze Zeit«, sage ich.

Mutter gibt mir eine Postkarte und meint, ich solle etwas draufschreiben und sie Stina geben. »Seid einander ein sicherer Hafen im Sturm«, steht auf der Karte, darunter das Bild einer Sonne, die über einem grauschwarzen Meer mit einem Betonsteg durch die Wolken bricht. Der Gedanke gefällt mir: Stina als kleine Jolle, die auf mich zutreibt, während ich, den starken Wellen trotzend, fest verankert bin. Ich beschließe, die Karte zu behalten, und lege sie ins Handschuhfach, um sie ganz nah bei mir zu haben.

4.

Eines Freitags begleite ich Danne nach Feierabend in den Pub. Er hat einen ziemlichen Bierbauch angesetzt, und jetzt kippt er ein Glas nach dem anderen, als hätte er Angst, seine Plauze könnte andernfalls einfallen. Er scheint mit der halben Bar per Du zu sein.

»Mach dich locker«, sagt er und gibt mir einen Klaps auf die Schulter. »Gönn dir mal ein bisschen Spaß.«

Er redet in einer Tour, und ich bekomme nur die Hälfte mit, die andere Hälfte wiegele ich mit Scherzen ab.

Später steht er an der Bar, die Hand auf den Jeans-Po einer Frau gelegt. Ich kenne sie nicht; sie lehnt sich an ihn, ihr Haar ist lang und braun, und ihr Hals gleicht dem eines Schwans. Es ist augenfällig, dass er sie kennt, dass sie nicht zum ersten Mal so dastehen.

»Solltest du nicht langsam nach Hause zu deiner besseren Hälfte?«, frage ich, als die Fremde auf die Toilette verschwunden ist.

Mit glasigem Blick sagt er: »Du verpetzt mich doch nicht, oder?«

Ich halte meine Hände abwehrend vor die Brust. »Ich mache gar nichts.«

Dann setze ich mich aufs Fahrrad und rolle über den feucht schimmernden Asphalt aus dem Dorf heraus, ziemlich angewidert von der ganzen Sache.

5.

Eines Sonntagvormittags bricht Stina in Tränen aus. Eben noch hat Nora im Wohnzimmer gespielt, da setzt sie sich plötzlich hin und pieselt auf den Teppich. Es ist die plötzliche Stille, derentwegen wir uns zu ihr umzudrehen. Mit hochroten Wangen eilt Stina zu Nora, zieht den Teppich unter dem Sofatisch weg und wirft ihn in die Badewanne. Ich versuche, ein paar ernste, aber freundliche Worte für Nora zu finden, dann schnappe ich mir einen Lappen und wische auf, was bis zum Boden durchgesickert ist. Nora schlingt ihre Arme um mich, und obwohl ich wahrscheinlich etwas anderes tun oder sagen sollte, fällt mir nur das Wort »Dumpfbacke« ein. Und dann sitzen wir da, ihre weiche Wange an meiner unrasierten.

Als ich das Bad betrete, sehe ich Stina mit dem Duschkopf in der Hand vor der Badewanne knien. Als ich den Putzlappen im Waschbecken ausspüle, höre ich sie schluchzen. Ich gehe neben ihr in die Hocke und wische ihr vorsichtig die Tränen von der Wange.

»Ist doch nur ein Teppich«, sage ich. »Nur ein hässlicher Teppich. Wir fahren zu IKEA und besorgen einen neuen.«

Als sie mich ansieht, bricht sie in Tränen aus.

»Ich kann nicht mehr«, sagt sie.

»Wir fahren sofort«, sage ich.

In der Nacht lieben wir uns, und als sie kommt, ist es, als spülte etwas über sie hinweg, auf eine Weise, wie ich es noch nie zuvor an ihr gesehen habe. Kaum dass sie den Höhepunkt erreicht, wechselt der lusterfüllte Laut die Frequenz, um sich in ein angsterfülltes Heulen zu steigern. Sie hat die Augen geschlossen, ihr Gesicht ist verzerrt. Ich stütze mich auf die Ellbogen und löse mich von ihr.

»Was ist los? Was hast du? Habe ich dir wehgetan?«

Sie zittert am ganzen Körper und muss sich sammeln, ehe sie etwas sagen kann.

»Ich weiß nicht«, antwortet sie schließlich, abwechselnd schniefend und schluchzend. »Es fühlt sich an, als würde etwas von mir abfallen.«

Als sie einschläft, liegt sie mit dem Kopf auf meiner Brust, ihr ganzer Körper scheint vollkommen entspannt. Mein Herz hämmert immer heftiger.

Ein paar Wochen später bringen wir Nora zu Stinas Mutter. Gönnen uns ein langes Wochenende und nehmen die Fähre nach Oslo. Es stürmt, der Regen peitscht, aber Stina lacht und hält die Nase in den Wind. Wir gehen in ein Restaurant und verspeisen eine Pizza, die so viel kostet wie anderswo ein Drei-Gänge-Menü. Auf dem Rückweg trägt Stina ein violettes Kleid, und eine ganze Männerclique dreht sich nach ihr um. Ich lege einen Arm um ihre Taille und spüre ihre Blicke auf uns. Sollen sie doch glotzen, so lange sie wollen, denke ich, das würde ich auch tun. Draußen ist der Himmel schwarz, und die Sterne leuchten so matt, als wären sie in einer Galaxie Entfernung bereits erloschen, doch ihr Licht reicht noch bis zu uns hinunter.

6.

Stina fängt wieder an zu arbeiten, und Nora geht jetzt in den Kindergarten. Ostern kommt, es wird Sommer. Wir machen Ausflüge, besuchen Verwandte; ich baue eine Holzterrasse, auf der unsere Gäste sitzen können. Allmählich kehrt Ruhe ein. Auf unserem Grundstück stellen wir einen Sandkasten für Nora auf, den wir Schubkarre für Schubkarre auffüllen. Nora zieht in das Zimmer unterm Dach und schläft dort auch ein, schleicht sich aber jede

Nacht zu uns runter. Manchmal versuche ich, sie über das Bettlaken zu mir zu ziehen, doch es ist immer Stinas Nähe, die sie sucht.

Als sich Stinas Arbeitszeiten im Herbst ändern, versucht sie, ein paar Schichten zu tauschen, doch ihre Kollegen wollen nicht mitspielen. Sie klagt mir zu Hause in der Küche ihr Leid, und ich mache ihr den Vorschlag, sich etwas anderes zu suchen. Ich selbst habe mit mehreren kleineren Aufträgen zu tun, bin mal hier, mal dort, und obwohl die meisten Baustellen in der Nähe liegen, steht das Telefon kaum still. Ab und an, wenn wir abends beide unterwegs sind, springt meine Mutter ein und passt auf Nora auf. Stopft sie mit Gebäck und Saft voll, und hinterher kramt Stina im Müll nach Beweisstücken.

Einer der Kollegen von der letzten Baustelle hat eine Anfrage für eine auszuwechselnde Haustür bekommen, aber weil er selbst keine Zeit hat, hört er sich bei uns anderen um. Also fahre ich eines Sonntagmorgens hin, um mir das Ganze anzuschauen.

Es ist ein hübsches, aber ziemlich verfallenes Haus. Ich rechne damit, dass mir irgendein alter Greis die Tür aufmacht, aber stattdessen öffnet eine Frau in meinem Alter, allerhöchstens ein paar Jahre älter. Sie hat noch ihren Bademantel an, und ich wende den Blick ab, während sie verschwindet, um sich umzuziehen.

Sie zeigt mir die Tür, deren unterer Teil morsch und aufgeplatzt ist. Dann drehen wir eine Runde ums Haus, um uns den Rest anzusehen, wenn ich ohnehin schon mal da bin. Sie sagt, sie habe das Haus geerbt und wolle es wahrscheinlich verkaufen, habe sich aber noch nicht endgültig entschieden. Ich knie mich in das nasse Beet, um die Türschwelle in Augenschein zu nehmen, ramme ein Messer in das morsche Holz, doch schon nach wenigen Millimetern stößt es auf Widerstand.

»Der Schein trügt«, sage ich. »Am Bau gibt's nix zu meckern.«

»Schön zu hören«, sagt sie.

»Ja, der Baukörper ist solide. Aber um die Instandhaltung scheint es nicht so optimal bestellt gewesen zu sein.«

Sie zieht sich die Jacke enger um den Körper und lächelt. »So wie in die meisten Ehen, meinen Sie?«

Ich rappele mich auf und klopfe mir die Erde von der Hose. »Ich kenne mich besser in Handwerkerfragen aus.«

Da lächelt sie wieder, und ich bemerke, dass ihre Augen braun sind. Ich verschwinde rasch um die Ecke, um mir am Dach die Randbalken anzusehen.

Als ich aufbrechen will, streckt sie mir die Hand entgegen. »Malin.«

Ich spüre ihre Haut auf meiner und wünschte, dass meine Hand weniger schmutzig wäre.

Ungefähr zur selben Zeit fängt Stina damit an, von einem Geschwisterchen für Nora zu reden, sie meint, dass es gut für die Kleine sei und dass wir doch immer mindestens zwei haben wollten. Ich sage ihr, dass wir womöglich noch so lange warten sollten, bis wir etwas mehr von der Hypothek abbezahlt hätten. Bis wir auf eigenen Beinen stehen. Stina meint, was sie brauche, sei eine Pause vom Kindergarten- und Arbeitsstress. Und dass ihre biologische Uhr ticke.

Ich erwähne unsere Unterhaltung eines Tages im Pausenraum.

»Na, dann mal los«, sagen die Jungs, während sie ihren

Kaffee in sich hineinschlürfen. »Wenn sich eine Frau erst mal was in den Kopf gesetzt hat, dann kriegt sie es auch. Widerstand zwecklos.«

Also beschließen wir, es zu probieren.

7.

Es wird Frühling. Weil ich im Moment auf einer größeren Baustelle arbeite, weiß ich immer schon im Voraus, wo ich die Woche über bin. Nebenher führe ich einige kleinere Arbeiten bei Malin aus. Sie hat Hefeteilchen in ihrem Holzofen gebacken, die eher nach Teigklumpen aussehen, doch ich esse sie trotzdem. Wenn sie erst einmal das nötige Geld zusammengekratzt habe, werde sie noch mehr Aufträge für mich haben, sagt sie, worauf ich antworte, dass sie mich anrufen soll, wenn es etwas Akutes gibt, wir würden schon eine Lösung finden. Ich gebe ihr Tipps, in welcher Reihenfolge die Reparaturen ausgeführt werden sollten, und sie meint, es sei schön, jemanden zum Reden zu haben.

Und das Babymachen bringt Spaß, zumindest anfangs. Jeden Abend, wenn ich nach Hause fahre, spüre ich meinen Puls steigen. Ich sehe Stina vor mir, wie sie mich an der Haustür empfängt, ihr unwiderstehliches Lächeln, wenn sie Nora ins Bett gebracht hat und die Kinderzimmertür zuzieht. Aber als sich an Christi Himmelfahrt noch immer nichts getan hat, macht sich die Frustration in Stina breit.

»Du musst auch mal an was anderes denken«, sage ich, als sie mit dem Kalender dasitzt, die vergangenen Monate nachzählt und fruchtbare Tage ankreuzt. »Amüsier dich hin und wieder. Dann wird alles von allein klappen.«

Als eine ihrer Freundinnen fragt, ob Stina sie zu einem Wellness-Wochenende begleiten wolle, sagt sie zu, und bei ihrer Rückkehr wirkt sie gut erholt, ja geradezu fröhlich auf eine Weise, wie ich es seit Langem nicht an ihr gesehen habe.

»Vielleicht können wir mal abends ein Gläschen Wein trinken gehen«, sagt sie. »Die Mädels und ich.«

»Macht das«, sagte ich, und schon bald sehe ich zu, wie sie sich vorm Spiegel schminkt, ihre Strumpfhose übers Knie streift und schließlich loszieht.

8.

Kurz vor Weihnachten wird Stina schwanger. Als sie es mir erzählt, sieht sie beinahe ängstlich aus, zumindest perplex, als hätte sie den Gedanken daran tatsächlich aus ihrem Gedächtnis verbannt und sei nun überrumpelt worden. Und das bin ich auch. In letzter Zeit dachte ich, dass Nora womöglich ein glücklicher Zufall war, dass das, was im Grunde so simpel wirkte, eine Wahrscheinlichkeit von eins zu einer Million hatte. Aber jetzt lege ich die Hand auf Stinas weichen Bauch und frage, ob man schon etwas fühlen kann. Sie lacht, schiebt die Hand beiseite und sagt: »Du Dummerchen, das dauert noch ewig.«

Wir gehen zur Hebamme, um uns anzumelden. Im Wartezimmer sitzt bereits ein anderes Paar, und kaum dass wir Platz genommen haben, dreht sich der Mann zu uns um.

»Ihr Erstes?«, fragt er und nickt zu Stinas im Schoß gefalteten Händen hin.

»Nein, unser Zweites«, antworte ich.

Er lässt sich zurücksinken und legt seinen Arm um die Frau an seiner Seite. »Bei uns ist's Nummer vier. Wir haben Übung.«

Als die Frau ihren Kopf nach vorn reckt, um uns anzusehen, wird ihr Hals so lang wie der eines Schwans. Ich zucke zusammen, aber falls sie mich wiedererkannt hat, weiß sie es gut zu überspielen, denn sie wirft uns nur einen flüchtigen Blick zu, um sich dann eine Zeitschrift zu schnappen.

Tags darauf setze ich mich während der Frühstückspause zu Danne.

»Du, die Brünette aus dem Pub –«

»Schnauze«, sagt er und verdrückt sein Wurstbrot, als nähme er an einem Wettessen teil.

Er schluckt. Dann trinkt er aus seinem Thermosbecher. »Wir lassen es im Moment etwas ruhiger angehen. Wenn man nach drei Kindern noch so einen Body hat, macht auch ein viertes den Kohl nicht fett.«

Ich schüttele den Kopf, als wäre es ein Scherz gewesen, aber in Wahrheit fehlen mir schlichtweg die Worte. Danne sagt nie wieder etwas über die Sache.

9.

Als Wilma geboren wird, ist Nora gerade drei geworden. Es ist ein eigenartiges Gefühl, das winzige Baby im Arm zu halten, wohl wissend, dass jetzt alles von vorn losgeht. Stina hat Noras Babykleider herausgekramt, sie gewaschen, gefaltet und in fein säuberliche Stapel gelegt, und als wir Wilma in die Sachen gesteckt haben, vergleiche ich sie mit den Fotos von Nora, die im Bücherregal stehen.

»Sie sehen sich kaum ähnlich«, sage ich und wiege den Bilderrahmen in der Hand.

»Für uns ist es sicher schwer, das zu beurteilen«, sagt Stina.

Als sie im Wohnzimmer sitzt und Wilma stillt, geht Nora mit ihrem Gesicht ganz nah an das der Kleinen. Immer wieder rutscht Wilma ab und bewegt ihren kleinen Kopf vor und zurück, um die Brust zu erhaschen, und immer wieder muss Stina Nora bitten, nicht zu nah zu kommen. Also nehme ich Nora mit in die Küche, wo wir alles für den Nachmittagskaffee vorbereiten. Doch sobald sie sieht, dass Stina mit dem Stillen fertig ist, flitzt sie zu ihr und kuschelt sich an sie heran. Den Rest decke ich allein ein.

Nachts bekommen wir kaum ein Auge zu. Wilma schreit fast ohne Unterlass, und Nora wacht schon beim kleinsten Geräusch auf. Ich schmiede Pläne für ein weiteres Zimmer auf dem Dachboden. Und obwohl es noch ein Weilchen dauern kann, fühlt es sich an, als würde ich etwas Konstruktives tun, es macht Hoffnung, sich eine Zukunft vorzustellen, in der Wilma in ihrem eigenen Zimmer schläft. Ich versuche, Stina zu ermuntern, sich Gedanken über die Einrichtung zu machen, aber sie schiebt es immer wieder auf.

Als mein Vater damit beginnt, im Wald einen neuen Weg für die Maschinen anzulegen, fahre ich zu ihm raus, um ein paar Tage zu helfen, einerseits weil ich ihm das schuldig bin, andererseits weil ich weiß, dass er mir, wenn er mit seinem Projekt fertig ist, bei meinem helfen kann.

Ich frage Stina, ob sie sich schon bei der Hebamme erkundigt hat, ob es irgendein Mittel gibt, irgendetwas, damit Wilma mit dem Schreien aufhört.

»Das muss eine Kolik sein«, sage ich. »Das ist doch nicht mehr normal. Bei Nora ist es nie so gewesen.«

Wie vom Blitz getroffen, sieht Stina mich an. »Was weißt du denn schon? Du warst doch nie hier. Den Teufel weißt du, wie es mit Nora war.«

Ich stehe da, die Arme vor der Brust verschränkt, und denke, dass es der Schlafmangel ist, der aus ihr spricht. Also beiße ich die Zähne zusammen und verliere kein Wort über das Brennen in meiner Brust.

Zwei Wochen darauf bekomme ich ein Angebot wegen eines Auftrags oben in Båstad. Lange Tage, aber ich könnte in einem Monat so viel verdienen wie sonst in zwei. Als ich Stina nach ihrer Meinung befrage, zuckt sie bloß die Achseln.

»Wir müssten noch nicht die gesamte Elternzeit nehmen«, sage ich. »Und du müsstest erst in ein paar Monaten wieder zur Arbeit.«

Sie überlegt kurz und sagt dann, dass es in Ordnung sei.

Als ich eines späten Abends auf dem Rückweg von Båstad bin, klingelt das Telefon.

Es ist Malin.

»Beim Sturm ist ein Fenster kaputtgegangen«, sagt sie. Ihre Stimme klingt beinahe schrill, und sie ringt hörbar um Fassung. »Ich bin gerade nach Hause gekommen, und da ist dieses Loch. Der komplette Boden steht unter Wasser! Der Sturm fegt geradewegs ins Haus hinein!«

»Ich komme vorbei«, sage ich. »Bin schon auf dem Weg.«

Die Nacht ist pechschwarz, als ich auf den Schotterweg zu ihrem Haus einbiege. Malin hat Handtücher über den gesamten Wohnzimmerboden ausgebreitet und ein paar

Pappkartons auseinandergeklappt, um das Fenster damit abzudichten. Offensichtlich hat ein Fensterriegel versagt, das Fenster ist mitsamt eines Stücks vom Rahmen herausgebrochen.

»Wir machen das erst mal provisorisch«, sage ich. »Bis wir eine endgültige Lösung finden.«

Also hole ich eine Plane aus dem Auto und nagele sie gut gespannt vor das Fenster. Malin, die sich inzwischen beruhigt hat, macht sich daran, den Boden etwas systematischer trocken zu wischen. Ich schlage ihr vor, ein Trocknungsgerät zu mieten, da das Zimmer vermutlich schon seit einigen Tagen unter Wasser steht. Dann nehme ich die Maße für ein neues Fenster und notiere sie mitsamt einiger Adressen, wo sie es bestellen kann, auf einem Zettel.

Bevor ich losfahre, macht sie mir noch einen Kaffee.

»Verzeih, dass ich so hysterisch war«, schluchzt sie. Ich ziehe sie an mich heran und drücke sie ganz fest. Meine Hand wandert hinauf und streicht ihr übers Haar.

»Ich hätte nie gedacht, dass ich mich wieder für einen Mann interessieren könnte«, flüstert sie gegen meine Brust.

Ich halte in der Bewegung inne.

Die ganze Nacht liege ich schlaflos da. Als Wilma aufwacht und losschreit, löse ich sie von Stina. Gehe durchs Haus und schaukele die Kleine in meinen Armen, bis sie mit dem Schreien aufhört, und auch danach gehe ich weiter.

Ich denke daran, wie leicht es gewesen wäre. Wie leicht es gewesen wäre, bei Malin zu bleiben, und wäre es nur für eine Nacht gewesen. Ich wandere auf und ab. Wilma schläft in meinen Armen, so zerbrechlich wie ein Vogeljunges, ihr Atem geht federleicht.

Schließlich lege ich sie in ihr Kinderbett und krieche neben Stina. Überlege, dass es Zeit ist für einen Neuanfang. Nein, keinen Neuanfang. Dass es Zeit ist, die Dinge anders zu machen.

10.

Doch als ich am nächsten Morgen aufwache, ist alles beim Alten. Stina ist müde, und Nora quengelt, sie wolle nicht in den Kindergarten. Vielleicht eifert sie damit ihrer kleinen Schwester nach, obwohl sie im Grunde ein ganz anderer Charakter ist.

Ich fahre zur Arbeit und schufte mich die ganze Woche ab. Am Samstagmorgen sagt Stina, eine Mutter aus der Elterngruppe wolle vorbeikommen. Kein Problem, sage ich, solange mein Gehämmere auf dem Dachboden sie nicht störe.

Als ich nach unten komme, sitzen die beiden am Küchentisch, sie trinken Kaffee und haben die Babys im Arm.

Sie ist es. Die Brünette mit dem Schwanenhals. Jetzt sitzt sie da auf ihrem Hintern, der heute in keiner Jeans steckt.

Ich schenke mir ein Glas Wasser ein und kann nicht anders, als sie anzustarren. Dann wandert mein Blick hinab zu ihrem Baby. Ob es von Danne ist? Ich betrachte das Haar, den Mund, die Nase. Alles so winzig, aber das ist ja bei allen Babys so. Als Wilma zu wimmern beginnt, schweift mein Blick zu ihr.

Plötzlich kommt es mir vor, als breite sich etwas Kaltes

in meiner Brust aus. Es ist, als würde es mir wie Schuppen von den Augen fallen, als hätten die Zeichen sich schon seit geraumer Zeit aneinandergereiht, aber ich würde sie jetzt erst erkennen, eines nach dem anderen. Ich gehe wieder nach oben, und als ich nach dem Werkzeug greife, zittern meine Hände.

Nichts als Hirngespinste, rede ich mir ein. Nichts als Hirngespinste.

Trotz allem bin ich mir sicher, dass ich zum ersten Mal seit langer Zeit völlig klar denke.

Als sie in der Nacht zu dritt in unserem Bett liegen, klammern die Mädchen sich an Stina, als wäre sie ihr Rettungsfloß im Meer. Ich starre hinaus in die Finsternis.

Dann stehe ich auf und beginne mit der Spurensuche. Als Erstes nehme ich mir Stinas Handy vor. Mit zitternden Fingern klicke ich mich durch ihre Kurzmitteilungen, Bilder, Mails. Finde aber nichts.

Im Kopf versuche ich, all die Male Revue passieren zu lassen, wenn sie mit ihren Mädels unterwegs war. Hin und wieder hat sie auswärts übernachtet. Ich sehe ihr Gesicht vor mir, ihr Strahlen, wenn sie in neue Kleider geschlüpft ist. Ich denke an Wilma, die gezeugt wurde, als wir beinahe aufgegeben hatten. Die gezeugt wurde, als ich kaum noch daran geglaubt hatte, weitermachen zu können. Stinas offenes, fast schon ängstliches Gesicht, als sie mir von der Schwangerschaft erzählte. An Wilma, die ihrer Schwester überhaupt nicht ähnlich sieht.

Wilma, die mir überhaupt nicht ähnlich sieht.

Ich durchwühle die Schreibtischschubladen, kippe Stinas Handtasche aus, suche in der Küche, im Waschkeller. Schließlich stoße ich auf einen Zettel mit einer Telefonnummer, erhalte aber keinen Treffer, als ich im Internet danach suche. Ich schreibe die Nummer ab. Die ganze Nacht mache ich so weiter, bis mich irgendwann die Müdigkeit überkommt.

Ich lege mich aufs Sofa und drücke ein Kissen an die Brust. Frage mich, ob ich sie noch lieben kann. Stina. Wilma. Kann ich? Dann rolle ich mich auf die Seite, winkele die Beine an und schlinge meine Arme um die Knie.

11.

Ich fahre zur Arbeit. Versuche, mich selbst davon zu überzeugen, dass meine Vermutungen unbegründet sind. Doch gleichzeitig sehe ich es so deutlich vor mir. Ohne den blassesten Schimmer zu haben, wer es sein könnte.

Auf der Arbeit angekommen, durchwühle ich das Handschuhfach nach der Parkgenehmigung. Plötzlich fällt mir die Postkarte in die Hände, die mir meine Mutter gegeben hat. »Seid einander ein sicherer Hafen im Sturm.« Jetzt lese ich den Spruch mit anderen Augen. Nicht nur ich sollte ihr ein sicherer Hafer sein. Auch sie sollte mir einer sein. Doch mein Vertrauen ist erschüttert. Ob mit oder ohne Grund.

Ich brauche Gewissheit.

Den ganzen Tag fühle ich mich wie im Nebel. Ich mache Überstunden, weil ich den Gedanken nicht ertrage, nach Hause zu kommen.

Als ich schließlich aufs Grundstück fahre, liegt es im Dunkeln. Ich setze mich an den Computer und beginne zu recherchieren. Es gibt Tests, die man online bestellen kann, ohne dass irgendein Amt eingeschaltet wird.

Ich klicke mich durch die Seite und fülle schließlich das Kontaktformular aus, wie unter Strom sitze ich da, bereit, jederzeit den Computer herunterzufahren, falls Stina ins Zimmer kommt. Sowie ich auf »Absenden« geklickt habe, stellt sich eine innere Ruhe ein. Schlafen kann ich trotzdem nicht.

12.
Ich führe den Test durch, als Stina gerade ein Bad nimmt und Nora vor dem Fernseher sitzt. Bloß eine einfache Speichelprobe, mehr nicht. Wilma sieht in erster Linie verdutzt aus, als ich ihr das kleine Stäbchen in den Mund stecke. Kalter Schweiß rinnt mir den Rücken herunter, als ich alles zusammen in den Briefkasten werfe.

13.
Als das Ergebnis kommt, setze ich mich hin und heule wie ein Kind. Zittere am ganzen Körper, und aus meinem Mund dringt ein Laut, den ich nicht kontrollieren kann.

Ich kaufe einen Strauß Rosen für Stina, langstielige rote Rosen. Sie sieht verwundert, aber glücklich aus, als sie ihn entgegennimmt. Ich gebe ihr einen Kuss, will sie gar nicht mehr loslassen, und als ich es schließlich doch tue, gehe ich zuerst zu Nora, dann zu Wilma. Drücke beiden einen Kuss auf die Stirn. Meine Töchter. Meine.

*

Es ist Zeit für einen Neuanfang, denke ich.

Ich fahre zu meinem Vater, sitze mit ihm im Esszimmer und sage, dass ich nicht mehr so weitermachen kann. Dass ich es nicht mehr ertrage, so oft von Stina und den Kindern getrennt zu sein. Man müsse doch irgendwie anders leben können.

Er steht auf und holt die Ordner mit den Unterlagen über den Wald. Er ziehe schon länger in Erwägung, etwas kürzerzutreten, erzählt er. Außerdem spiele Rolf mit dem Gedanken, das Sägewerk zu verkaufen. Es könnte ein ziemlich gutes Geschäft sein. Man könne sich einen beträchtlichen Umsatz ausrechnen, weil das Unternehmen schon bald Gewinn abwerfen werde. Er habe alles gut durchgerechnet, und er zeigt mir die Papiere. Natürlich sei es eine große Investition, eigentlich zu groß für jemanden, der bald schon in Rente gehe. Aber was, wenn wir es zusammen kaufen würden. Wenn wir zusammenlegen würden, bis ich ihm seinen Anteil ausbezahlen könnte.

Ich nehme die Ordner mit, und als ich nach Hause fahre, hämmert mein Herz in der Brust. Das Einzige, was ich will, ist nach Hause zu Stina zu kommen.

Auf dem Weg fahre ich an der Einfahrt zu Malins Grundstück vorbei. Unten an der Straße steht ein Maklerschild. Sie verkauft also doch.

Um die Instandhaltung war es nicht so optimal bestellt, aber der Baukörper ist solide und robust, geht es mir durch den Kopf, und ich trete ein wenig zu heftig aufs Gas, um nicht noch mehr Zeit zu verlieren.

Als ich die Haustür öffne, sehe ich sie sofort.

Sehe, dass etwas passiert ist.

Im Flur stehen zwei Koffer. Stina blickt mich an, und als

sie auf mich zustürmt, sind ihre Schritte so groß, dass es aussieht, als würde sie entzweigerissen. Im Vorbeigehen schnappt sie sich ein Blatt Papier von der Kommode.

»Du verdammtes Schwein«, sagt sie. »Was soll der Scheiß? Was zum Teufel ist das?«

Sie fuchtelt mit dem Papier vor meiner Nase herum. Ohne es anzusehen, weiß ich sofort, was es ist: das Ergebnis des DNA-Tests. Die Antwort, die mir mein Vertrauen zurückgebracht hat. Und jetzt hält sie es in der Hand.

»Nach all dem Scheiß, den ich durchmachen musste! Alles habe ich über mich ergehen lassen, immer und immer wieder! Und du glaubst, dass ich mit anderen gevögelt habe? Ich? Das ist ein verdammter Schlag ins Gesicht! Was bist du nur für ein Schwächling, dass du mir nicht mal vertrauen kannst?«

Nora blickt uns mit großen Augen an. Wilma ist zur Abwechslung mucksmäuschenstill.

Während ich Stina betrachte, sehe ich, wie alles in sich zusammenstürzt. Ich habe die Zeichen nicht erkannt. Und jetzt kippt alles um wie eine Reihe Dominosteine.

SOMMERÄHRE UND FEGEWINTER

Ich habe meine übliche Runde fast beendet, als ich auf den Schotterweg komme. Vier Komma zwei Kilometer, siebenunddreißig Minuten in ziemlich flottem Tempo. Die Erde ist so trocken, dass der Staub unter meinen Schuhen aufwirbelt; sechs Nächte am Stück sind sogenannte tropische gewesen. Wir haben den ganzen Abend auf der Holzterrasse gesessen und die Schwalben bei ihrem Spiel in der Luft beobachtet. Wobei, wahrscheinlich eher bei der Fliegenjagd.

Rechts und links von mir raschelt es in den hohen Kornähren. Ich kann mich nicht erinnern, ein solches Geräusch je gehört zu haben. Beinahe metallisch würde ich es beschreiben. Ich halte meine Stoppuhr an, bleibe stehen und lausche.

Vielleicht hat es mit der Dürre zu tun. Vielleicht ist das Korn reif, aber vertrocknet, und deshalb erzeugen die Ähren diesen Klang, falls sie nicht jedes Jahr so klingen und ich es nur nicht bemerkt habe. Vielleicht weht auch einfach genau die richtige Brise. Fredrik hätte sofort eine Antwort darauf gewusst. Er hat das Spiel der Natur mit der Muttermilch aufgesogen, er muss eine Pflanze nur ansehen, um zu wissen, welchem Wetter sie ausgesetzt war und in welcher Umgebung sie wuchs. Für ihn fügt sich alles aneinander wie ein Alphabet, und er braucht nicht einmal nachzudenken, welcher Buchstabe wo hingehört, er sortiert automatisch alles an den richtigen Platz. Ich dagegen muss die Reihenfolge manuell registrieren, aber darin bin ich ziemlich gut. Im Registrieren.

Ich setze meinen Weg durch das grüne Meer fort, bis ich zur asphaltierten Straße gelange. Hier biege ich normalerweise rechts ab und gehe, häufig noch ein bisschen schneller, die letzten dreihundert Meter bis zu unserem Tor, während vereinzelte Autos an mir vorbeirauschen.

Aber jetzt stehe ich hier und sehe zum wolkenlosen Himmel hinauf. Biegt man links ab, kommt man zu einem Wald. Ich war lange nicht dort, aber auf den Pfaden zwischen den Bäumen ist es immer schattig und kühl. Und ich habe es ja nicht eilig.

Auf dem Weg zum Wald muss man Månssons Hof überqueren. Es ist ein öffentlicher Weg, aber ich scheue mich trotzdem, dort entlang und schnurstracks über das Land eines anderen zu marschieren. Månsson hat zwar nie etwas gesagt, aber vielleicht ist gerade das der Grund. Normalerweise schlage ich die andere Richtung ein, wenn ich zum Wald will, aber dann müsste ich erst zwei Kilometer nach Osten laufen, und in diesem Moment sehne ich mich einfach nur nach dem Schatten der Bäume.

Die Leute scheinen zu glauben, wenn man auf dem Land wohnt, handelt es sich immer um ein verwinkeltes Örtchen, wo die Häuser so dicht beieinanderstehen, dass sie sich umarmen könnten und man fast jeden Tag an der

Kletterrose des Nachbarn innehält und über Wind und Wetter plaudert. Für mich ist das jedenfalls der Inbegriff eines Dorfs. Aber dies ist ein schonisches Reihendorf. Die Häuser sind in zwei langen parallelen Linien angeordnet, mit der Landstraße wie einem Wallgraben in der Mitte. Jedes Haus und jeder Hof ist ein Paradies für sich, und von einer Dorfgemeinschaft im eigentlichen Sinne kann kaum die Rede sein. Zumindest, wenn man zugezogen ist.

Ich starte die Stoppuhr wieder und biege links auf die asphaltierte Straße ein. Als ein Traktor vorbeifährt, hebe ich die Hand zum Gruß, obwohl ich nicht weiß, wer hinter dem Steuer sitzt. Der Fahrer erkennt mich aber garantiert wieder, den Leuten hier entgeht nichts. Vor Månssons Hof überquere ich die Straße.

Erst kommt man durch ein kleines Gehölz. Vielleicht sollte einmal eine kurze Allee daraus werden, der Weg ist nämlich von großen Ulmen gesäumt, aber dann hat man vergessen, die Ränder auszudünnen. Einmal habe ich dort einen Specht gehört. Als ich nach Hause kam, schlug ich ihn im Vogelbestimmungsbuch nach.

»Wusstest du, dass Spechte einen Stoßdämpfer im Kopf haben?«, fragte ich, das Buch offen vor mir auf der Arbeitsfläche in der Küche. »Und Muskeln, die sich ganz schnell zusammenziehen, um das Gehirn zu schützen. Sie schließen die Augen, wenn sie mit dem Hacken anfangen, damit sie ihnen nicht herausfallen.«

Fredrik lachte und sagte: »Eine gute Taktik. Das mache ich auch manchmal, wenn ich vor dem Vorstand einen Vortrag halten muss.«

Seither habe ich ihn mir manchmal so vorgestellt, als Specht im Anzug auf dem Weg in den Besprechungsraum.

Aber ich glaube kaum, dass er die Augen tatsächlich zumacht.

Heute höre ich aber keinen Specht, nur gewöhnliches Vogelgezwitscher, das ich nicht zuordnen kann. Bald sehe ich die Gebäude: erst die rote Scheune mit dem aus großen Steinen gemauerten Giebel und dann, direkt gegenüber, das Wohngebäude mit der Ziegelverkleidung. Wahrscheinlich verbirgt sich darunter ein schöner Putz, aber die Optik musste praktischen Aspekten weichen. Der Garten ist wie immer ungepflegt und die Buchenhecke für meinen Geschmack zu niedrig geschnitten.

Folgt man dem Weg, führt er einen erst an einem Misthaufen, dann an der Schafskoppel und der Schnellwuchsplantage vorbei, und kurz darauf ist man im Wald. Ich werfe einen Blick auf die Uhr. Abgesehen davon, dass ich in den Genuss frischer Waldluft komme, ist der Spaziergang auch ungefähr drei Kilometer länger. Das kann sicher nicht schaden.

Im nächsten Moment höre ich plötzlich, wie es in der Scheune klappert, und Månsson kommt heraus. Er trägt einen Blaumann und einen groben Arbeitshandschuh über der rechten Hand. Irgendetwas hält er darin. Es sieht aus wie eine Ratte, aber ich verwerfe den Gedanken wieder.

»Hallo«, sage ich.

Sein Gesicht wirkt mürrisch. »Schau an, sie macht einen Spaziergang.«

»Ja, das Wetter ist so schön.«

Ich versuche zu lächeln, denke aber nur daran, wie ungünstig es doch ist, dass der Weg so verläuft, wie er verläuft, und dass man das Wegerecht aufgeben und die

Route an einen öffentlich zugänglicheren Ort verlegen sollte.

»Soso. Spazierengehen, für mich wär das nichts.« Er fährt sich mit dem linken Handrücken über den Mund. Seine groben Hände und sein zerfurchtes Gesicht verraten, dass er sein Leben lang auf einem Hof gearbeitet hat. Das machen Wind und Wetter mit einem. Sein fettiges Haar ist zurückgekämmt. Dann gleitet mein Blick zu dem, was er in der rechten Hand hält. Ein Tier natürlich. Das Fell ist glänzend und dunkel, und das Tier ist zu groß, um ganz in seine Hand zu passen, aber trotzdem so klein, dass er es mit festem Griff packen kann. Ich sehe schnell wieder zu ihm auf. Er soll bloß nicht glauben, ich wäre neugierig.

»Der Sommer war ja bisher fantastisch.«

Månsson schüttelt den Kopf. »Unsereiner wartet auf Regen. Die Saat braucht das.«

»Ja, das ist klar. Es hängt ganz von den Bedürfnissen ab.«

Ich sage das mit einem angestrengten Lächeln, aber ich bin mir nicht sicher, ob er meinen Gesichtsausdruck registriert hat. Und wenn doch, hat er ihn vielleicht missverstanden. Ich nicke hastig, zum Zeichen, dass ich weitergehen will. Da sagt er: »Sie möchte nicht zufällig ein Katzenjunges haben?«

Er hebt das Tier in der Hand ein Stückchen, und ich kann nicht anders, als es noch einmal anzusehen. Ein Katzenjunges.

»Ja, aber nicht das hier«, sagt er. »Das werde ich ertränken.«

Er dreht es ein wenig, sodass der Kopf zu mir gewandt ist. Vermutlich guckt es einfach nur in die Luft, aber ich habe das Gefühl, es würde mich ansehen, und dann bewegt es den Mund zu einem unhörbaren Laut. Die Augen sehen groß aus in dem kleinen Kopf. Ich wünschte, ich könnte erkennen, wie alt es ist, aber Katzen gehören auch zu den Dingen, die ich nicht mit der Muttermilch aufgesogen habe.

»Sie wird doch wohl keine Tierschützerin sein?«

Ich schüttle den Kopf. »Nein.«

Er betrachtet die kleine Katze, hält sie jedoch in gebührendem Abstand von seinem Gesicht.

»Eigentlich sollte man das erledigen, bevor sie die Augen aufmachen. So ist es am schonendsten.«

Ich nicke und versuche, so desinteressiert wie möglich dreinzublicken. Er redet trotzdem weiter.

»Eigentlich wollte ich es behalten. Aber irgendwas stimmt nicht mit ihm.«

Er presst die Lippen zusammen und schüttelt den Kopf.

»Was denn?«, muss ich unwillkürlich fragen.

Er zuckt die Achseln. »Schwer zu sagen. Die Mutter will es auch nicht haben. Und die anderen Jungen wollen nicht neben ihm liegen. Die meiste Zeit faucht es und sucht Streit.«

Ich nicke und stelle mir die anderen Katzenkinder vor: sanft und brav. Im Gegensatz zu diesem hier.

»Nein«, sagt Månsson. »Da ist es besser, es zu ertränken. Besser, als es verhungern zu lassen. Man ist ja kein Tierquäler.«

»Ich muss dann mal weiter«, sage ich. »Ich habe noch eine Verabredung.«

Er grinst, und in seinem Blick taucht etwas Unbehagliches auf.

»Will sie mir nicht helfen? Es zu ertränken? Hat sie das schon mal gemacht? So was macht man in der Großstadt wohl nicht.«

Das Grinsen geht in ein Lachen über, und ich betrachte seine fleckigen Zähne, sage aber nichts. Er verstummt, aber ein schiefes Lächeln bleibt.

»Sie darf sich nichts daraus machen. Es war nur ein Scherz. Ich wollte nicht boshaft sein.«

Er streicht mit seinem behandschuhten Daumen über den kleinen Kopf.

»Nicht schlimm«, sage ich.

»Und es soll wirklich keine Katze sein? In ein paar Wochen, wenn die anderen größer geworden sind? Ich weiß, was sie denkt, aber an den anderen ist nichts verkehrt.«

»Mal sehen«, sage ich und will wieder lächeln, merke jedoch, dass mein Gesicht streikt. »Eigentlich brauchen wir wohl keine Katze.«

»Auf dem Land braucht jeder eine Katze.«

Ich gehe auf dem Schotterweg weiter und versuche mein altes Tempo wieder aufzunehmen. Die Schafe blöken mich an, aber ich sehe nur noch Månssons große Hände vor mir, wie ruhig er die kleine Katze gehalten hat. Ob er sie in einer Tonne unter Wasser taucht? Ob sie sich wehren wird? Wie lange dauert so etwas? Ich bin mir sicher, irgendwo gelesen zu haben, dass man Katzen nicht ertränken sollte, dass es ein alter Brauch ist, aber nicht besonders barmherzig. Man sollte sie erschlagen. Oder war es so, dass man ihnen das Genick brechen sollte? Irgendwo müsste man das doch nachschlagen können.

Meine makabren Gedanken jagen mir einen Schauer

über den Rücken. Dabei habe ich gar keine Katzen, um die ich mich kümmern muss, ich brauche nicht darüber zu grübeln. Und außerdem sterben die Katzen hier sicher am laufenden Band, fressen versehentlich Rattengift, kämpfen miteinander oder werden auf der Landstraße überfahren. Es sind Nutztiere.

Dann denke ich an Dinge, die Fredrik mir erzählt hat. Dass er schon als Kind wusste, wie es zugeht, wenn eine Kuh kalbt, oder wie seine Großmutter in der Küche geköpfte Hühner rupfte, während er am Esstisch saß und mit Lego spielte. Ich weiß nichts über solche Sachen, abgesehen von dem, was er mir erzählt hat und was ich in Büchern gelesen habe.

Ich stehe reglos da. Der Wald liegt direkt vor mir, ich kann ihn schon fast riechen. Mein Herz hämmert. Ich atme tief durch.

Dann drehe ich mich um und gehe zurück zu Månssons Hof. Ich beschleunige meine Schritte, und erst, als ich mich wieder zwischen den Gebäuden befinde, werde ich langsamer. Månsson ist nicht mehr bei dem großen Scheunentor. Vorsichtig gehe ich in den Garten, aber auch dort kann ich ihn nirgends entdecken.

Schließlich finde ich ihn hinter der Scheune. Er steht neben einer großen blauen Regenwassertonne. Seine Hände sind leer und nackt.

Als er mich bemerkt, runzelt er die Stirn.

»Das war ein kurzer Spaziergang.«

Meine Wangen erröten, und ich spüre, wie mir der Schweiß auf die Stirn tritt. Es ist ein heißer Tag, aber das ist nicht der wahre Grund. Ich weiß auch nicht so richtig, was ich sagen soll.

»Ich habe noch mal über die Sache mit den Katzenjungen nachgedacht«, sage ich nach einer Weile. »Vielleicht darf ich sie mir doch mal anschauen.«

»Das darf sie ganz bestimmt.«

Er spricht langsam, als würde er darüber nachdenken oder vielleicht nicht richtig glauben, was ich gerade gesagt habe. Dann redet er in normalem Ton weiter. »Dieses Wetter macht einen ganz träge im Kopf. Ich hatte nicht daran gedacht, dass kaum Regenwasser in der Tonne ist. Ich habe gerade den Hahn für den Schlauch angestellt.«

Einige Meter entfernt hängt ein zusammengerollter Gartenschlauch.

»Ich hätte natürlich auch einen normalen Eimer nehmen können. Oder ihren Kopf gegen einen Stein schlagen. Aber man bleibt seinen Gewohnheiten ja gern treu.«

Ich nicke. »Wo ist das Junge? Ich meine das, was ...«

Er deutet auf eine Plastikkiste, die ein Stück von mir entfernt steht. Dann rollt er den Schlauch aus und fängt an, die Tonne zu füllen.

Ich gehe zur Kiste. Das Katzenjunge ist grau-schwarz gestreift, und als ich mich hinabbeuge, um es besser sehen zu können, faucht es mich an. Ich muss lachen. Es sieht so wütend aus und doch so harmlos. Sein Fell wirkt seidenweich. Ich strecke die Hand aus, um es zu berühren.

Das Katzenjunge attackiert mich sofort, und es tut so weh, dass ich aufschreien muss. Eine Kralle bleibt an meinem Zeigefinger hängen, und ich reiße hastig die Hand zurück, damit es mich nicht auch noch beißen kann.

»Ja, schön auf die Finger achtgeben!«, ruft Månsson.

Jetzt ist das Fell gesträubt und der Rücken zum Buckel gekrümmt. Es zeigt seine messerscharfen Zähne.

»Es ist nicht so, wie es sein sollte«, sagt Månsson und schüttelt den Kopf.

»Merkwürdig«, sage ich und denke sofort über eine mögliche medizinische Erklärung nach, irgendeine physische oder psychische Ursache, warum es sich verhält wie ein Wildtier oder gar Schlimmeres.

»Die anderen Katzenjungen haben Angst vor ihm. Wie es scheint, sogar die Mutter.«

Ich kann nicht aufhören, es anzustarren. Es faucht noch immer, als wäre das der einzige Laut, den es von sich geben kann. Ich wage keinen neuen Versuch, es zu berühren. Gleichzeitig zieht sich meine Brust zusammen, wenn ich das zarte kleine Wesen betrachte. Ich wünschte, ich könnte das Geräusch des Wassers abstellen, das in die Tonne rinnt.

Im nächsten Moment wird es tatsächlich still.

»Das reicht dann wohl«, sagt Månsson.

Er rollt den Schlauch auf, hängt ihn zurück und streift sich wieder den Handschuh über. Dann kommt er herüber.

»Ja, du Kleines«, sagt er.

Das Katzenjunge faucht und wehrt sich mit dem ganzen Körper. Månsson nimmt es hoch und trägt es zur Tonne. Ich folge ihm mit dem Blick.

»Sie sollte besser nicht hingucken.«

Ich zucke zusammen, nicke kurz und wende mich ab, zum Feld. Versuche an das Geräusch der Kornähren zu denken, die dort drüben gegeneinanderschlagen, wie Silberstäbe klingen sie, wie Seidenpapier im Wind. Ich weiß nicht, wo die Vergleiche herkommen. Die Sonne brennt mir in den Augen. Ich schließe sie.

»Jetzt ist es vorbei.«

Ich öffne die Augen wieder.

»Okay«, sage ich.

Trotzdem bleibe ich eine Zeit lang stehen und halte den Blick auf die Landschaft gerichtet.

Als ich mich schließlich umdrehe, ist Månsson zu der Plastikkiste gegangen.

»Will sie die Katzen jetzt ansehen?«

Er zieht den Handschuh ab und legt ihn in die Kiste. Ich habe mir die Arme um den Körper gelegt und nicke so nonchalant, wie ich kann.

»Ja, warum nicht.«

Ich gehe zu ihm und an der Plastikkiste vorbei. Darin liegt der kleine Katzenkörper, vollkommen nass und dunkel, neben dem dicken Schutzhandschuh. Ich richte meinen Blick starr geradeaus.

Wir gehen um den Schuppen. Månsson zeigt mir den Eingang.

Es ist ein offener Schuppen ohne Innenwände und mit freiliegender Dachkonstruktion. Linker Hand ist ein Bereich mit Metallzäunen abgetrennt. Wahrscheinlich hält er hier die Schafe im Winter, wenn sie nicht draußen grasen können. Rechts liegen große Strohballen gestapelt, zwischen denen Månsson jetzt entlanggeht.

An einer Wand liegt, auf einem großen Strohballen, eine schildpattfarbene Katze mit drei Jungen in verschiedenen Farben. Es sieht so idyllisch aus. Die Katze leckt ihre Vordertatze, während sie ihre Jungen überwacht, die mit aufgerichteten Schwänzen umherstaksen. Zwei von ihnen balgen sich im Spiel, und die Katzenmutter blickt mit halb geschlossenen Augen zu uns hoch. Ich fühle mich beinahe glücklich.

Dann muss ich an das Katzenjunge da draußen denken, das wütende, einsame Katzenjunge. Das nicht so war, wie es sein sollte. Die messerscharfen Zähne, die ständigen Ausbrüche. Und dann: der nasse, schlaffe Körper.

Das Sonnenlicht sickert herein und fällt auf die Katzenfamilie, und es sieht aus wie eine Nostalgiepostkarte, die gelben Halme, die niedlichen Jungen.

Månsson sagt etwas. Ich hebe den Blick, sehe, wie sich seine Lippen bewegen, höre aber nichts. Meine Ohren sind wie betäubt und rauschen, mir wird schwarz vor Augen. Er betrachtet mich, und seine Lippen bewegen sich erneut.

»Ich muss das mit Fredrik besprechen«, sage ich, um irgendetwas zu sagen, und zittere hinter meinem verschwitzten Haar.

Månsson sieht mich an, ich kann seine Gesichtszüge nicht richtig erkennen, aber anscheinend habe ich nicht auf das geantwortet, was er gesagt hat.

»Vielen Dank für alles«, sage ich. »Ich melde mich wieder.«

Noch ehe Månsson irgendetwas tun oder sagen kann, gehe ich hinaus ins Licht.

Ich brauche nur ein bisschen Sauerstoff, denke ich. Es hat etwas mit der stickigen Luft da drinnen zu tun.

Draußen gehe ich nach links in Richtung des Spechtgehölzes, ich sehe nur verschwommen, aber ich weiß ja, wo der Weg entlangführt. Der Schweiß läuft mir den Rücken hinab.

Hauptsache, ich komme in den Schatten, denke ich, Hauptsache, ich komme zwischen die Bäume.

Ich stolpere voran. Dann sehe ich die Konturen einer der großen Ulmen und nehme sie ins Visier. Spüre die raue Rinde an meinen Handflächen und sinke in die Knie. Es breitet sich im ganzen Körper aus, dieses überwältigende, unaufhaltsame Gefühl, wie ein Fieber, das einen befällt. Ich übergebe mich auf den Boden, verspüre für einen Moment Erleichterung und merke, wie mein Körper kalt wird, um mich dann erneut zu übergeben.

Am Ende lehne ich mich gegen den Baumstamm und bleibe eine Weile lang unter der großen Krone sitzen. Ich blicke zum grünen Laub empor. Wenn ich den Kopf ein wenig nach rechts drehe, meine ich Månssons Silhouette bei der Scheune zu erkennen, aber er ist nur eine dunkle Figur. Die Sonne blendet mich. Dann bewegt sich die Figur, die wahrscheinlich Månsson ist, auf den Garten und das Haus zu und verschwindet. Vielleicht hat er mich nicht mal gesehen.

Im Dezember desselben Jahres komme ich von der Straße ab. Es ist zwar schon mehrmals glatt gewesen, aber an diesem Tag ist der Asphalt eine richtige Eisbahn. Schon als ich die Abfahrt nach Löberöd nehme, sehe ich ein Auto im Graben liegen. Vorsichtig fahre ich an den Rand und laufe hin, um nach dem Fahrer zu sehen.

Hinter dem Steuer sitzt ein Junge, der wahrscheinlich auf dem Weg zum Gymnasium in Eslöv war. Er erzählt, er habe seinen Vater angerufen, der bald kommen werde, um ihm zu helfen, und ich gratuliere ihm, dass er so einen netten Vater hat.

»Aber das ist ja wohl so was von peinlich!«, sagt er und lacht ein wenig, ehe er sein Gesicht in den Händen verbirgt.

»Als Anfänger muss man wohl aus seinen Fehlern lernen«, sage ich. »Besser jetzt als später.«

Welch Ironie des Schicksals, möchte man im Nachhinein meinen.

Im Laufe des Vormittags fängt es an zu schneien. In Lund sind es nur zarte Flocken, aber inzwischen weiß ich, wie es ist, wenn man nach Osten fährt. Um kurz nach drei verlasse ich das Büro, und meine Kollegen rufen mir nach, ich solle vorsichtig fahren. Ich weiß nicht, ob sie den Wetterbericht gesehen haben.

Wir kriechen auf der E22 voran, niemand fährt auf der linken Spur. Das Schlimmste an den schonischen Wintern ist das Schneefegen, wenn der Wind Schnee und Erde von den Feldern aufwirbelt und sie zu betonharten Wällen auftürmt. Die Leute aus dem Norden sollen uns ruhig verhöhnen; sie wissen nicht, wie es ist, auf einer Straße zu fahren, die vollkommen freiliegt, um im nächsten Moment auf eine meterhohe Schneewehe zu treffen, die wie aus dem Nichts aufgetaucht ist. Ich orientiere mich an den Rücklichtern des Wagens vor mir und denke, wenn das wieder ein solcher Fegewinter wird, dann ist es der vierte, seit wir in dieses Haus gezogen sind.

Als ich bei Hurva abbiege, verschlimmert sich die Wetterlage, aber ich bin darauf vorbereitet. Es ist, als würde man durch eine Wand aus Schnee fahren, und ich muss mich an den Leitpfosten orientieren, um zu erkennen, wo die Straße ist. Ich schalte das Radio ein und versuche, nicht auf die Uhr zu sehen. Es dauert eben, solange es dauert. Ich fluche ein wenig darüber, dass Fredrik noch zwei weitere Nächte weg sein wird. Wenn es aus der falschen Richtung bläst, bilden sich in unserer Einfahrt Schneewehen wie weiße Berggipfel, den ganzen Weg bis runter zur Straße. Wenn der Wind nicht bald abflaut, werde ich die nächsten beiden Tage mit Schneeschippen beschäftigt sein.

Vorsichtig gleite ich auf unseren Weg. Er wurde schon eine Weile lang nicht mehr geräumt. Der Schnee liegt in diagonalen Wehen über dem eisglatten Asphalt, der hier und da hervorschaut. Die wirbelnden Flocken sind wie eine Nebelwand.

Nur noch vier Kilometer. Nur noch vier Kilometer.

Wenn jetzt bloß kein Tier auf den Weg springt. Aber die verstecken sich wahrscheinlich gerade an einem windgeschützten Ort.

Dann öffnet sich die Straße plötzlich und liegt frei vor mir. Ich spüre gerade noch einen Moment der Erleichterung, denke vielleicht keinen vollständigen Gedanken, kann aber zumindest einmal durchatmen.

Da tut es einen Schlag.

Eine Schneewehe ist direkt auf mich zugekommen.

Ich versuche das Steuer herumzureißen, trete auf die Bremse, all das, was man nicht tun soll, aber ich denke nicht nach, es ist mein Körper, der reagiert. Die Reifen verlieren den Halt, und es ist ohnehin schon zu spät. In meinem Kopf nur ein: Mist, Mist, Mist.

Das Auto rutscht in den Schnee, wird zur Seite geschleudert, dann Stillstand.

Alles in mir pulsiert. Die Windschutzscheibe ist weiß. Ich versuche mich zu sammeln und denke an die Menschen, deren Autos sich überschlagen und auf dem Dach landen, dass dies im Vergleich dazu gar nichts ist, aber dass es dennoch nur schwer zu fassen ist, dass ich mich hätte überschlagen können, dass alles Mögliche hätte passieren können, es aber nicht so war.

Ich blicke auf meine Hände und muss warten, bis meine Augen sich scharf stellen. Meine Finger umklammern das Lenkrad, und ich atme so tief ein, wie ich kann.

Atme.

Lasse den Motor an, lege den Rückwärtsgang ein und trete vorsichtig aufs Gas. Die Reifen drehen durch. Ich bewege das Lenkrad und versuche es noch einmal. Nichts.

»So was von peinlich!«, sage ich laut, und dann muss ich lachen. Völlig idiotisch.

Ich sehe mich um, versuche die Leitplanken zu finden, öffne den Sicherheitsgurt, um mich näher zur Scheibe beugen zu können. Irgendwo da draußen ist ein kleines Licht zu sehen.

Aus dem Seitenfach hole ich die noch eingeschweißte Warnweste und zerre sie mühsam über meine Jacke. Ich ziehe die Mütze über die Ohren und die Jackenärmel über die Handschuhe, damit kein Spalt frei bleibt. Dann nehme ich die Taschenlampe aus dem Handschuhfach und prüfe, ob sie funktioniert.

Vielleicht sollte ich ein Warndreieck aufstellen. Aber nein, das wäre natürlich sinnlos. Es würde innerhalb kürzester Zeit weggeweht werden und in den weißen Massen verschwinden. Ich schalte den Motor ab, schiebe die Fahrertür auf und klettere aus dem Auto.

Dann versuche ich, auf der Straße voranzustapfen. Ich sinke bis zu den Knien ein, meine Schuhe bleiben stecken, und ich muss aus einer Art Frustration heraus lachen. Um mich herum heult der Wind, und ich wende das Gesicht vom wirbelnden Schnee ab. Schritt für Schritt kämpfe ich mich vorwärts.

Als ich zum großen Baum am Straßenrand komme, suche ich an seinem Stamm Schutz. Hier ist der Boden schneefrei, doch wenn ich zu den nackten Ästen hinaufblicke, sehe ich, wie sogar die dicksten von ihnen im Wind schaukeln. Plötzlich habe ich Angst, einer davon könnte brechen und auf mich fallen, also haste ich weiter.

Ich entferne mich von den Bäumen und klettere ganz vorsichtig über eine Schneewehe, um nicht wieder stecken zu bleiben, sinke aber trotzdem ein und spüre etwas Festes an meinem Fuß. Es muss diese viel zu niedrige Buchenhecke sein. Ich steige hinüber.

Das Haus liegt im Dunkeln, nur in einem der Fenster brennt ein kleines Licht, das muss ich von der Straße aus gesehen haben. Ich halte mich am Geländer fest, gehe die Treppen hinauf und klopfe.

Månsson macht auf.

»Hallo«, sage ich.

»Bei diesem Wetter«, sagt er.

Da muss ich wieder lachen.

Im Flur sehe ich dabei zu, wie er sich eine Schicht nach der anderen überzieht. Ich habe ihm zu erklären versucht, dass das Auto sich heute Abend sicher nicht mehr abschleppen lässt, aber er will trotzdem nachschauen. Er trägt eine Mütze, die selbstgestrickt aussieht, und ich denke, dass der Wind geradewegs hindurchwehen wird.

Wir gehen durch das Ulmengehölz, er zuerst, ich hinter seiner gebeugten Gestalt. An der Straße angekommen, können wir einander nicht hören wegen des pfeifenden Windes und unseren bis um die Ohren gewickelten Schals. Er pflügt sich bis zum Auto und gräbt ein wenig mit den Händen nach den im Schnee verschwundenen Reifen.

»Das wird wohl erst morgen was werden«, höre ich ihn am Ende doch feststellen.

Ich erwähne nicht, dass ich ihm genau das gesagt habe, sondern nicke nur.

»Kaffee?«, ruft er dann.

Ich nicke erneut.

Wir sitzen an seinem Küchentisch. Mitten auf der geblümten Plastikdecke steht ein Teller mit brennenden Teelichten, und wir warten darauf, dass das Wasser kocht.

»Habt ihr noch einen Kamin bei euch?«, fragt er.

»Ja. Und den Holzherd in der Küche. Er musste restauriert werden, aber wir haben einen alten Mann in Röstånga gefunden, der sich damit auskennt. Er konnte sogar noch Originalersatzteile besorgen.«

Månsson wischt sich mit der Hand über den Mund.

»Es kann ein paar Tage dauern, bis der Strom zurückkommt. Das seid ihr vielleicht nicht gewohnt.«

»Wir wohnen doch schon seit sechs Jahren hier.«

Er steht auf und hebt den Topfdeckel. Dann wirft er einen Blick hinter die Ofenklappe, aber das Holz brennt noch.

»Nimmt sie Zucker?«

»Nein, aber gerne Milch, falls Sie welche hätten.«

Er kräuselt die Oberlippe. »Natürlich habe ich Milch. Aber verdirbt man sich nicht den Kaffee und die Milch, wenn man sie zusammenkippt?«

Er geht trotzdem zum Kühlschrank und nimmt einen Liter heraus, den er auf den Tisch stellt. Dann wühlt er im Küchenschrank und greift nach einer Kekspackung.

»Tja«, sagt er und zuckt mit den Achseln. »Heutzutage hat man ja nur noch gekaufte Kekse.«

Plötzlich habe ich eine Sommererinnerung vor Augen, einen Stein oben auf dem Friedhof. Anita. Die Erde davor ist immer perfekt geharkt. Ich sehe zu Månsson auf und stelle mir vor, wie er dort mit einer Harke in der Hand steht, aber schon im nächsten Moment dreht er sich um und gießt das Wasser aus dem Topf in einen Melitta-Filter.

Draußen vor dem Fenster ein einziger weißer Wirbel.

»Ich arbeite drüben in Lund«, sage ich. »Da hat es heute fast gar nicht geschneit.«

Er klappert mit den Schranktüren, dann gießt er Kaffee in zwei blaue Tassen, reicht mir die eine und setzt sich mir gegenüber. Einen, zwei, drei Zuckerwürfel lässt er ins Schwarze fallen. Ich gieße meine Tasse bis zum Rand mit Milch auf.

»Nein«, sagt er. »In der Stadt haben sie keine Ahnung, wie es hier bei uns ist.«

Wir wärmen unsere Hände an den Tassen. Es knackt im Kamin, während es draußen stürmt. Langsam gleitet die Tür hinter Månsson auf, und eine schwarz-weiße Katze schlüpft durch den Spalt. Plötzlich spüre ich im ganzen Körper ein Unbehagen, obwohl ich gedacht hatte, ich hätte den Unfall schon verwunden. Meine Hände können die Tasse nicht mehr ruhig halten, und ich schiebe sie von mir weg. Die Katze dreht einige Runden um unsere Waden, sie reibt sich daran und schnurrt. Ich rühre mich nicht. Dann springt sie auf Månssons Schoß und macht es sich bequem. Erst als sie in sicherem Abstand dort liegt, betrachte ich sie näher. Ich möchte mich nach ihr erkundigen, aber stattdessen versuche ich zu schätzen, wie alt sie sein mag, obwohl ich wie gesagt kein besonders gutes Auge für Katzen habe. Ich erinnere mich nicht einmal mehr daran, was für eine Zeichnung die Katzenjungen im Sommer hatten.

Da sagt Månsson: »Sie ist uns im Herbst einfach zugelaufen. Mager und erbärmlich. Ich weiß nicht, wem sie gehört, aber ich habe sie einziehen lassen.«

Meine Hände wollen immer noch nicht richtig still halten, aber ich empfinde eine Art Erleichterung. Vielleicht, weil ich eine Antwort bekommen habe?

»Euch gehört sie natürlich nicht«, sagt er.

Ich schüttele den Kopf.

»Wir arbeiten beide ziemlich viel. Fredrik ist oft beruflich unterwegs. Wir haben einfach nicht die Zeit dafür.«

Er nickt erst und grinst, dann schüttelt er den Kopf. Da steigt irgendetwas in mir auf, ein Zorn darüber, dass er einfach nur dasitzt und grinst, mit der Katze auf dem Schoß dasitzt und grinst.

»Jaja«, sagt er.

»Sie glauben anscheinend, ich käme von einem anderen Planeten«, sage ich. »Aber ich komme aus Malmö. Ein so großer Unterschied zu hier ist das nicht.«

Ich fixiere sein zerfurchtes Gesicht. Er hebt die Tasse und leert sie.

»Ich muss mich wohl für die Sache im Sommer entschuldigen«, sagt er dann. »Mit dem Katzenjungen. Ich hätte sie nicht dabei sein lassen dürfen.«

Aus meinem Mund kommt ein Geräusch, ein höhnisches Lachen, das sich nicht unterdrücken lässt, und dann die Worte, die ich geradezu ausspucke: »Ach, so was macht mir keine Angst. Wissen Sie, was mein Bruder mal gemacht hat? Er wohnte mit seiner Mutter am anderen Ende der Stadt, aber ich war manchmal mit meinem Vater da, wenn irgendetwas war, und es war immer irgendetwas mit ihm und seiner durchgeknallten Mutter, na ja, wir waren jedenfalls da, und in der Nähe gab es ein Parkhaus voll mit räudigen streunenden Katzen, ich sehe immer noch die Augen vor mir, die sich überall bewegt haben, und mein Bruder warf Steine nach ihnen, da war ich vielleicht sechs oder sieben, also habe ich wohl hauptsächlich dabei zugesehen, aber Sie dürfen nicht glauben, ich hätte noch nichts gesehen. Und ein anderes Mal, ein paar Jahre später, hat er eine der Katzen gefangen und ihr einen Böller in den Hintern gesteckt und ihn angezündet, verstehen Sie, Sie müssen also nicht glauben, eine ertränkte Katze könnte mir irgendetwas ausmachen!«

Meine Wangen sind glühend heiß, die Wärme vom Herd und den Kerzen ist mir unerträglich, und auch in mir scheint etwas zu brennen; das Herz, die Wut.

Månsson sitzt völlig still da und betrachtet mich. Seine Hand bewegt sich wie mechanisch über den Rücken der Katze. Plötzlich spüre ich, wie drückend die Luft in der stickigen kleinen Küche ist, mein Körper will aufstehen und in den Wintersturm hinausgehen oder wohin auch immer.

»Vielleicht ist ja trotzdem etwas aus ihm geworden.«

Es scheint, als hätte er seine Worte bei all ihrer Schlichtheit sorgfältig gewählt, und vielleicht liegt es an seiner Ruhe, dass all die Anspannung, die ich nach dem Unfall gespürt hatte, plötzlich nachlässt und ich mich durch und durch kraftlos fühle und mir die Tränen in die Augen steigen.

Ich schlucke.

»Er wurde drogenabhängig«, sage ich. »Wenn er Glück hat, schläft er in irgendwelchen Obdachlosenunterkünften. Jedenfalls bei so einem Wetter. Oder in Hauseingängen.«

Das Licht flackert über Månssons Gesicht. Er sagt nichts.

»Ich habe natürlich versucht, ihm zu helfen. Aber er …«

Ich blicke aus dem Fenster, gegen das der Winterwind peitscht. »Als er uns zuletzt besucht hat, ist er im Morgengrauen mit dem Schmuck abgehauen, den Fredrik von seiner Urgroßmutter geerbt hatte. Ein dänisches Amethystarmband mit Goldfiligran. Ich glaube, ich bin jedes Pfandhaus in ganz Schonen abgefahren, um es zu finden.«

Ich lächle Månsson an, aber er erwidert das Lächeln nicht. »Das sind profane Dinge, oder? Aber trotzdem.«

Eine Weile sitzen wir schweigend am Tisch. Als unsere Tassen leer sind, steht Månsson auf und füllt sie mit heißem Kaffee. Wir essen beide einen gekauften Keks.

»Hat sie Holz zu Hause?«, fragt er schließlich. »Zum Heizen.«

»Ja.«

»Sonst soll sie sich melden. Wenn etwas ist.«

Ich nicke. Er geht wieder zum Küchenschrank, nimmt eine Thermoskanne heraus und füllt den letzten Kaffee hinein. Dann reicht er sie mir.

»Damit sie etwas hat, woran sie sich wärmen kann.«

Ich ziehe Jacke, Mütze und Schuhe wieder an und mache mich auf den Heimweg. Anstatt die Straße entlangzugehen, stemme ich mich gegen den Wind und überquere das Feld, das Feld, das jetzt schwarz und gefroren ist. Die wogenden Ähren des Sommers kann man sich kaum mehr vorstellen. Der Schnee hat sich im Abstand von einigen Metern zu harten Wehen aufgetürmt, zwischen denen ich entlanggehe wie durch ein Meer mit gefrorenen Wellen. In dem Flockengestöber kann ich das Haus nicht ausmachen, aber ich weiß, welchen Kurs ich einschlagen muss, sehe das Ziel vor meinem inneren Auge wie eine Luftspiegelung. Ich sehe die abgeschliffenen Holzböden, die Flickenteppiche und die geblümten Tapeten. Bald werde ich vor dem brennenden Kamin auf dem Sofa sitzen, geborgen, während draußen das Unwetter tobt. Mein kleines Paradies. Ich drücke die Blechthermoskanne mit Månssons Kaffee fester an mich. Vielleicht ist es kein Glück, was ich empfinde. Aber fast.

DIE EVOLUTION INTERESSIERT SICH NICHT FÜRS GLÜCK

Julia redete nur noch von diesen Waisenkindern. Falsch. Erst waren es Waisenkinder. Dann elternlose Orang-Utans in Indonesien. Dann wieder Waisenkinder.

»Du könntest dich ja beim Roten Kreuz oder irgendeiner anderen Hilfsorganisation hierzulande engagieren«, sagte ich in dem Versuch, zu einer konstruktiven Lösung beizutragen.

Aber sie biss nicht an.

»Ich will was Richtiges machen«, sagte sie. »Also was richtig Richtiges, kapierst du?«

»Okay«, sagte ich. »Okay!«

In dem Moment konnte ich mich nicht dazu aufraffen, ihr zu erklären, dass diese ganze Wohltätigkeitschose eigentlich dem westlichen Imperialismus entsprang und im Grunde dasselbe war, wie den Leuten Fische zu schenken, anstatt ihnen das Angeln beizubringen. Vielleicht wollte ich mich auch nur nicht mit ihr anlegen.

»Komm her«, sagte ich stattdessen und streckte ihr die Arme entgegen. »Komm her, damit ich dir was richtig Richtiges zeigen kann.«

Ich machte in diesem Halbjahr eine Weiterbildung in Eslöv und lebte in der Wohnung meines Vaters, weil der mit irgendeiner Frau nach Spanien abgehauen war und den Mietvertrag behalten wollte, bis er alles mit dem Einwohnermeldeamt geregelt hatte.

»Schick keine Briefe zurück!«, sagte er. »Und wenn jemand klingelt, sagst du einfach, ich wäre gerade einkaufen.«

Es klingelte aber niemand, und ich sammelte die Fensterumschläge auf einem Stapel, ohne sie mir näher anzusehen.

Julia wohnte noch bei ihrer Mutter in Linderöd. Ich hatte schon ein paar Mal vorgeschlagen, sie könne doch zu mir ziehen, aber das ging anscheinend nicht wegen der Pferde.

»Und wer soll sich um sie kümmern, wenn du in Indonesien bist?«

»Das ist nicht dasselbe«, antwortete sie mit einer Miene, die durchblicken ließ, wie absurd sie diesen Vergleich fand.

Im Gegensatz zu Frasse kam sie mich wenigstens oft besuchen und übernachtete mehrmals in der Woche bei mir. Frasse verließ seine verräucherte Einzimmerwohnung fast nie. Immer musste ich zu ihm fahren. Manchmal hockte er mit seinen gigantischen Kopfhörern vor dem Computer und war so tief versunken, dass er mein Kommen gar nicht bemerkte. Doch schon im nächsten Moment konnte er plötzlich fragen: »Besorgst du uns Kaffee und Kippen? Geld ist im Glas.«

Ich steckte die Hand in das Einweckglas auf der Flurkommode und sagte: »Du solltest wirklich anfangen, deine Tür abzuschließen.«

Er erwiderte nichts, also ging ich zum Laden an der

Ecke, und als ich wiederkam, stellte ich die Kaffeemaschine an.

Vielleicht war der größte Unterschied zwischen meinem und Frasses Leben, dass ich Einzelkind war, während er mehr Geschwister hatte, als man zählen konnte.

»Aus dir muss doch etwas werden«, konnte meine Mutter schon im Gymnasium sagen, obwohl ich immer durchkam, ohne überhaupt einen Blick in die Schulbücher zu werfen, was ich deshalb auch nicht tat. Frasses Eltern sagten nur: »Mach bloß keinen Scheiß!«

Wir gehörten nicht zu den Leuten, die sich unnötig stressten. Wir nahmen die Dinge so, wie sie kamen. In der Hinsicht waren wir uns doch ähnlich.

Julia verfolgte hingegen immer eine klar durchdachte Strategie, alle Wege mussten irgendwohin führen, und aus dem Grund hatte sie sich wohl auch einen Nebenjob in einem Café in Lund gesucht.

»Wusstest du, dass nur wir im Westen die Zeit als etwas Lineares ansehen? Also als gerade Linie. In Madagaskar zum Beispiel hat man die Vorstellung, die Zukunft folgt einem auf den Fersen«, sagte ich eines Abends, als sie von ihrem Job wiederkehrte und nach Kaffee und Putzmittel roch. »Was vergangen ist, liegt vor einem, weil man es sehen kann, während sich die Zukunft von hinten anschleicht. Deshalb glauben die Leute dort, man könne das Leben nicht planen.«

»Hmm«, machte sie nur und zog ihren Laptop aus der Tasche. Ich reckte vorsichtig den Hals, um über ihre Schulter und auf den Bildschirm sehen zu können. Das Bankkonto, auf dem ihr Lohn einging, hatte sie »Reisekonto« getauft, und die Summe war seit dem letzten Mal gewachsen.

»Vielleicht sollte ich mitfahren«, sagte ich. »Mal rauskommen und ein bisschen reisen.«

»Ganz wie du meinst«, sagte sie, aber man konnte ihrem Tonfall anhören, dass sie das nicht unbedingt als glaubwürdiges Szenario einschätzte.

In der Nacht konnte ich nicht schlafen. Ich stopfte mir das Kissen in den Rücken und versuchte, mich zu entspannen. Vielleicht sollte ich ein Fenster öffnen, um ein bisschen frische Luft zu bekommen, aber schlimmstenfalls würde es mir nur umso mehr den Schlaf rauben, wenn ich jetzt aufstand. Außerdem wollte ich Julia nicht stören. Sie hatte ihre Arme über den Kopf gestreckt und schlief tief und fest. Unter ihren Augenlidern war Bewegung. Ich lauschte ihren tiefen Atemzügen und sah, wie ihr Gesicht hin und wieder zuckte, wenn etwas in ihrem Traum passierte. Sie lag dicht neben mir und war doch ganz woanders. Auf dem Schreibtischstuhl hatte sie bereits ihre Sachen für den nächsten Tag zurechtgelegt. Morgens hatte ich mich schon mehrmals nach ihr gestreckt, nur um zu bemerken, dass ihre Bettseite leer war. Als könnte sie sich mir nichts, dir nichts in Luft auflösen, wenn ich nur für eine Sekunde die Augen schloss. Und tatsächlich, als ich einige Stunden später aufwachte, waren sowohl sie als auch ihre Sachen auf dem Stuhl weg.

Am Nachmittag nahm ich den Bus zu Frasse. Die Tür war wie immer nicht abgeschlossen, und in der Küche gab es sowohl Kaffee als auch Kippen, also schenkte ich uns zwei Tassen ein und ließ ein Zigarettenpäckchen in meiner Tasche verschwinden. Diese milde Gabe konnte Frasse entbehren. Ich setzte mich in den Sessel und wartete, bis er die letzten Details auf der Homepage fertig hatte, die er gerade für irgendjemanden baute.

»Du musst aufhören, ihr immer so hinterherzulaufen«, sagte er nach einer Weile, als hätte ich ihn nach seiner Meinung gefragt.

»Ich laufe doch niemandem hinterher.«

Er sah noch immer auf den Bildschirm.

»Jaja.«

Ich blickte mich in der versifften kleinen Einzimmerwohnung um und suchte nach einer passenden Beleidigung, als Frasse sich plötzlich zu mir umdrehte.

»Lass es mich so formulieren«, sagte er. »Es ist ziemlich offensichtlich, dass ihr nicht in derselben Liga spielt, Julia und du.«

»Halt's Maul.«

Er grinste. »Ich sage nicht, dass sie dich nicht mag, aber wenn man sich uns als beliebige Rudeltiere vorstellen würde, stünde sie in der Rangordnung höher als du. Sie könnte einen Besseren haben, das wissen wir doch beide. Und Mädchen wollen immer einen Besseren. Das ist nicht weiter verwunderlich, sondern reine Biologie. Man will sich mit dem besten Erbmaterial fortpflanzen und so weiter. Das gilt natürlich auch für Jungs. Du hast einfach Schwein gehabt. Bisher.«

»Vielleicht habe ich Qualitäten, von denen du gar nichts ahnst.«

»Bitte keine Details! Aber denk immer daran, dass es ein Spiel ist. Je mehr du klammerst, desto mehr erinnerst du sie daran, dass du sie nicht richtig verdient hast, anstatt umgekehrt. Mach dich rar, halt sie auf Abstand. Sei undurchschaubar. Das ist die beste Taktik.«

Er hockte zurückgelehnt auf seinem Stuhl, wodurch die Flecken auf dem über seinem Bauch gespannten, zerschlissenen T-Shirt deutlich zu sehen waren. Ich biss die Zähne zusammen und sagte: »Such dir doch erst mal selbst eine Freundin, bevor du anderen Leuten gute Ratschläge erteilst. Es ist immer leicht, über etwas zu reden, womit man keine praktische Erfahrung hat.«

Er klickte sich wieder durch verschiedene Ordner auf dem Desktop, aber ich konnte trotzdem sehen, dass er blinzeln musste. Eine Sekunde lang bereute ich meinen Kommentar, dann nicht mehr.

»Mach, was du willst«, sagte er schließlich. »Aber du weißt, dass ich recht habe. Du bist ein Rationalist, genau wie ich. Wir begegnen der Wirklichkeit auf eine Weise, die den Gefühlsmenschen verwehrt bleibt.«

Ich erhob mich aus dem Sessel. Frasse rührte sich nicht.

»Außerdem habe ich Erfahrung«, fügte er hinzu. »Auch praktische.«

Ich drehte mich nicht um, sondern ging weiter ins Bad, stellte mich vor die Toilette und sah zu, wie sich das Wasser gelb färbte. Dann zog ich die Spülung und wusch mir die Hände. Mein Gesicht im Spiegel war blass. Hastig schlug ich mir mit den flachen Händen gegen die Wangen. Als ich zurückging, stellte ich mich in die Tür und sagte zu Frasses Rücken: »Möglicherweise hast du recht. Aber Julia würde mit einem anderen sowieso nie glücklicher werden als mit mir.«

»Glücklich?« Er lachte auf. »Wir tun das, was für unsere

Art evolutionär am besten ist. Und die Evolution interessiert sich nicht fürs Glück. Wir sind nur Affen in Anziehsachen. Hinter allem stecken Triebe. Komplizierter als das sind die Gefühle nicht.«

Ich schnaubte verächtlich.

»Ich kenne nur einen Menschen, der in Wahrheit ein Affe ist. Und das ist nicht Julia.«

Er reagierte nicht auf meine Bemerkung, sondern sagte nur: »Ich sage dir das als dein Freund. Und um die Chancen zu erhöhen, dass sie bei dir bleibt.«

Auf dem Weg hinaus nahm ich die Gelegenheit wahr, auch noch eine Tabakdose einzustecken. Vielleicht bemerkte er nicht einmal, dass ich ging.

Später am Abend, als Julia und ich im Kebabladen saßen, ließ ich mir durch den Kopf gehen, was Frasse eigentlich gesagt hatte.

»Glaubst du, Frasse könnte jemanden kennengelernt haben?«, fragte ich.

Sie riss die Augen auf und kaute fertig.

»Bist du verrückt? Wo sollte der denn jemanden kennengelernt haben?«

»Vielleicht im Internet? Er hat jedenfalls so was angedeutet.«

Julia schüttelte den Kopf. »Frasse wird vor dieser Kiste sitzen, bis er verschimmelt. Er kann nur zwei Dinge: Auf einen Bildschirm glotzen und Leute verarschen.«

»Ja, Leute verarschen kann er ziemlich gut«, sagte ich, und als ich daran dachte, wie irritierend er dabei sein konnte, musste ich grinsen. Sie lachte und sah aus, als wäre ihr plötzlich etwas eingefallen.

»Vielleicht hat er die beiden Sachen kombiniert. Er hat sich im Internet eine neue Persönlichkeit zugelegt und irgendwem einen Bären aufgebunden. Aber das zählt wohl kaum als Beziehung.«

Wir lachten gemeinsam darüber. Als wir uns wieder beruhigt hatten, sagte ich: »Er ist trotzdem in Ordnung. Ein bisschen seltsam vielleicht.«

Julia zuckte die Achseln, also fuhr ich fort: »Und man kann sagen, was man will, aber seine Firma scheint richtig gut zu laufen. Er war schon immer schlau.«

Sie zog die Augenbrauen hoch. »Jetzt mal ehrlich. Kann sein, dass er schlau ist. Kann sein, dass er ein guter Kerl ist. Aber Frasse ist und bleibt ein Verlierer. Welches normale Mädchen interessiert sich schon für einen wie ihn?«

Sie kaute weiter, als hätte sie nichts Besonderes gesagt, und leckte sich die Kebabsauce aus dem Mundwinkel. Ihr Gesicht, das sonst so sanft und offen war, wirkte plötzlich hart und verurteilend. Überlegen. Wie bei jemandem, der ganz selbstverständlich von sich glaubt, zwischen Verlierern und solchen, die es nicht sind, unterscheiden zu können. Ein unangenehmes Kribbeln befiel mich, und ich hob meine Getränkedose, um zu verbergen, dass ich nicht wusste, was ich darauf erwidern sollte.

Drei Tage später lagen Frasse und ich auf Kissen auf seinem Boden und spielten Xbox. In meinem Weiterbildungskurs hatte ich mit Julia SMS geschrieben, aber sie hatte schon beschlossen, sich heute mit Freundinnen zu treffen und anschließend zu ihrer Mutter und den Pferden zu fahren, sodass ich stattdessen bei Frasse gelandet war. Wir spielten mehrere Stunden lang, ohne auf die Uhr zu schauen, und als ich es schließlich tat, musste ich feststellen, dass der letzte Bus schon gefahren war. Frasse wühlte ein paar Decken hervor, und ich durfte auf seinem Sofa schlafen.

»Was du da letztens gesagt hast, als ich hier war«, sagte ich in die Dunkelheit. »Über die Erfahrung.«

»Was denn?«

»Hast du eine Tussi kennengelernt oder was?«

»Tussi«, sagte er, und man konnte ihm anhören, dass ihm meine Wortwahl missfiel.

»Na, dann eben Mädchen. Frau.«

Eine Weile lang war es still.

»Sie heißt Mary. Wohnt in England. Studiert Informatik.«

Ich stützte mich auf die Ellbogen. »Darf ich mal ein Bild sehen?«

Erst rührte er sich nicht, und ich dachte, dass er wieder mal doof war und mich einfach ignorierte. Aber dann erkannte ich an den Schatten, wie er sich nach dem Handy streckte, die Nachttischlampe anknipste und aus dem Bett stieg.

»Hier«, sagte er und hielt mir das Telefon hin. Ich zog es schnell an mich und betrachtete das Foto genau.

»Sie sieht nicht besonders englisch aus«, sagte ich.

»Ihre Eltern kommen aus Kamerun.«

Er hatte die Hände hinter dem Rücken verschränkt und zuckte leicht mit den Schultern, aber in seinem Gesicht tat sich etwas, als er von ihr sprach.

»Hübsches Mädel jedenfalls«, sagte ich und gab ihm das Handy zurück. Dann konnte ich mir das Grinsen nicht verkneifen. »Spielt eindeutig in einer anderen Liga als du.«

»Halt's Maul«, sagte er und feixte ebenfalls.

Als ich am nächsten Tag nach Hause kam, saß Julia auf dem Boden im Wohnzimmer, vor sich hatte sie fein säuberlich eine Reihe von Blättern ausgebreitet.

»Ich muss mich entscheiden«, sagte sie. »Welches Ziel mich wohl am meisten bereichern wird. Ich habe das Geld jetzt fast beisammen. Eins, zwei, drei, vier.«

Während sie zählte, deutete sie auf die Blätter.

»Du weißt aber schon, dass ein Großteil von deinem Geld in die Verwaltung geht«, sagte ich.

Sie presste die Lippen zusammen und las weiter ihre Ausdrucke, als wäre ich gar nicht anwesend. Ich ging in die Küche, öffnete den Kühlschrank und wühlte darin, erinnerte mich aber nicht daran, ob ich nach etwas Bestimmtem suchte oder einfach nur irgendetwas essen wollte. Wie dem auch sei, den Appetit hatte ich verloren.

Auch in dieser Nacht konnte ich keine bequeme Schlafposition finden, so sehr ich mich auch hin- und herwälzte. Julia lag mit dem Rücken zu mir, und als ich mir gerade sicher war, dass sie schlief, räusperte sie sich. Sie sagte aber nichts. Ich bemühte mich, still zu liegen und so zu atmen, als schlafe ich tief und fest. Sie rührte sich auch nicht. Am Ende sagte ich doch: »Musst du fahren?«

»Ja.«

Es dauerte eine Weile, ehe sie weiterredete.

»Sonst halte ich es nicht aus. Das kann doch nicht alles gewesen sein.«

Ich verkniff mir alle spöttischen Kommentare, die in meinem Kopf auftauchten.

»Wir könnten mehr unternehmen«, sagte ich. »Uns was Spannendes einfallen lassen. Es gibt so viel, was wir zusammen machen könnten. Wir könnten besser darin werden.«

Sie drehte sich um, und in der Dämmerung sahen ihre Augen aus wie große, dunkle Flecken.

»Es gibt eine ganze Welt da draußen«, sagte sie. »Eine Welt, in der große, wichtige Dinge passieren. Wo sich nicht immer alles im Kreis dreht wie hier.«

»Eine Welt da draußen? Eslöv gehört doch wohl auch zur Welt. Und Linderöd und Lund und hier und Frasses Bude.«

»Eslöv«, sagte sie nur, und es klang nicht mal höhnisch oder ironisch. Es war ein Wort, ein Name, ein Ort von vielen.

Ich starrte zur Decke und versuchte, an nichts zu denken. Dann krabbelte sie näher zu mir, und ihr langes Haar fiel über mein Gesicht. Wir küssten uns, und dieser Kuss war wie die Nacht, die dann folgte: zärtlich und innig und dennoch fast unerträglich qualvoll. Am Morgen fiel die Sonne durch die Jalousienlamellen auf sie, und ich berührte vorsichtig jeden einzelnen Streifen.

Ich schaute wieder bei Frasse vorbei. Nahm Geld aus dem Glas, ging runter und kaufte ein. Dann tranken wir Kaffee und rauchten an seinem winzigen Küchentisch eine Kippe.

»Ist Julia schon abgehauen?«, fragte er und blies den Rauch zur Decke.

»Nein, aber bald. Sie guckt schon nach Tickets.«

»Dann sind wir ja demnächst beide Strohwitwer.«

Ich hielt meine Tasse zwischen den Händen und starrte ihn an.

»Mary fährt nach Kamerun«, sagte er. »Auf Familienbesuch. Sie ist nicht mehr da gewesen, seit sie ein kleines Kind war.«

Ich schüttelte den Kopf und drückte meine Zigarette aus. »Ihr habt euch doch wohl noch nie getroffen? Was spielt es da für eine Rolle, ob sie in England oder Kamerun ist?«

»Wir reden jeden Tag miteinander.« Er sah anders aus als sonst. Gekränkt, würde ich fast sagen, wenn das bei Frasse überhaupt möglich war. »Die ganze Zeit.«

»Na gut, dann sagen wir das so. Strohwitwer.«

Auf dem Heimweg dachte ich darüber nach, wie seltsam es war, dass Frasse und ich ausnahmsweise einmal nahezu im selben Boot saßen. Als ich am selben Abend mit Julia sprach, wollte ich es eigentlich erwähnen, aber sie hatte so gute Laune, dass ich es bleiben ließ. Ich wollte ihr keinen Anlass geben, noch einmal verächtlich über Frasse zu schnauben.

An jenem Wochenende fuhr ich mit Julia nach Linderöd. Sie wollte mich zu einem Reitausflug in den Wald überreden, aber ich sagte, wenn sie mich schon umbringen wolle, solle sie doch bitte eine humanere Tötungsart wählen. Als sie weg war, suchte ihre Mutter ein altes T-Shirt und eine Arbeitshose für mich heraus und reichte sie mir.

»Du könntest ein bisschen was tun, um dir Kost und Logis zu verdienen«, sagte sie.

Wir gingen in den Stall. Sie schnappte sich eine Mistgabel, drückte mir ebenfalls eine in die Hand und zeigte mir, wo ausgemistet werden musste.

»Pfui Teufel«, sagte ich nach der dritten Runde zum Misthaufen.

»Gewöhn dich schon mal dran«, sagte sie lachend. »Wenn ihr irgendwann zusammenwohnt, wird Julia dich bestimmt nicht damit verschonen.«

Ich blickte auf den Stallboden, damit sie das Lächeln nicht sehen konnte, das sich auf meinem Gesicht ausbreitete. Als wollte sie ihre Bemerkung relativieren, schob sie im selben Moment hastig nach: »Falls ihr denn zusammenzieht.«

Aber das änderte nichts daran, was ihr zuvor herausgerutscht war. Ich schaufelte Ladung für Ladung, spürte, wie meine Muskeln arbeiten mussten, und es fühlte sich richtig gut an. Wir halfen einander, den Boden abzuspritzen, ich nahm den Besen, sie den Gartenschlauch. Julias Mutter war in Ordnung. Auch mit ihr hatte ich Glück gehabt.

Abends machte sie Schweinebraten, und Julia und ich schlugen die Sahne fürs Dessert. Dann saßen wir mit unseren dicken Bäuchen auf dem Sofa und schauten alte Fernsehserien. Ich legte den Arm um Julia, und sie schmiegte sich an meine Brust. Ihre Mutter sagte nichts, hob nur ihr Weinglas und lachte in Richtung des Fernsehers.

Dann fing Julia an zu packen. Sie schleifte mich in die Stadt, um passende Sommerkleider zu finden, und ich wartete mit verschränkten Armen vor den Umkleidekabinen. Sie hängte eine To-do-Liste an den Kühlschrank:

impfen lassen, Geld wechseln, Pass und Visum besorgen. Jeden Morgen, wenn ich aufgestanden war und frühstücken wollte und jeden Abend, wenn ich wieder ins Bett gehen und noch ein Glas kaltes Wasser trinken wollte, sah ich diese Liste. Sie zählte die Wochen und Tage und schien kein anderes Thema mehr zu kennen als die Reise.

Dann kam ich eines Nachmittags nach meinem Unterricht nach Hause, und sie war schon in der Wohnung.

»Du kommst nicht darauf, was gerade passiert ist«, sagte sie und wartete meine Antwort gar nicht erst ab, ehe sie fortfuhr: »Kannst du dich noch an Kaspar erinnern?«

»Kaspar?«, fragte ich und runzelte die Stirn.

»Aus meiner Parallelklasse!«

»Ach, der!«

Eigentlich konnte man unmöglich über Kaspar sprechen, ohne dabei verächtlich zu schnauben. Julia schien aber keine Probleme damit zu haben.

»Wusstest du, dass seine Eltern ein Hotel in Vietnam führen?«

»Woher sollte ich das wissen?«

Ihre Miene verriet, dass ihr mein Tonfall nicht entgangen war, aber sie plapperte trotzdem weiter.

»Ich hab ein bisschen mit ihm gechattet, er jobbt gerade dort, und wenn ich will, kann ich auch kommen und mithelfen, sobald ich mit meiner Freiwilligenarbeit fertig bin. Ich kann da kostenlos essen und trinken und darf das Trinkgeld behalten. Du solltest mal die Bilder sehen! Ein krasses Paradies.«

Ich spürte, wie sich meine Kiefermuskulatur verkrampfte, und öffnete den Mund, um sie ein wenig zu lockern.

»Nimmt er immer noch Anabolika?«, fragte ich.

»Ach, hör doch auf.«

»Dir ist doch wohl auch klar, dass niemand einfach so in ein paar Monaten vom Lulatsch zum Muskelpaket wird?«

»Nein, nicht einfach so. Es setzt natürlich schon voraus, dass man ins Fitnessstudio geht.«

Ich warf ihr einen wütenden Blick zu, schwieg jedoch. Sie starrte zurück und blieb eine Weile lang so stehen, ehe sie sagte: »Du weißt aber schon, dass man sich ein bisschen anstrengen muss. Um zu bekommen, was man haben will. Wenn man sich nicht mit dem hier zufriedengeben möchte.«

Sie deutete mit der Hand auf das Zimmer, dann auf mich.

Ich räusperte mich.

»Dieses ganze Wohltätigkeitsgerede. Dass du in die Welt hinauswillst, um denen zu helfen, die leiden. Eigentlich geht dir das doch sonst wo vorbei, oder? Du willst nur irgendwo hin, wo es warm ist. Und hier alles zurücklassen. Ein bisschen Spaß haben. Es ist total egal, ob du mit Waisenkindern oder Hotelgästen arbeitest, Hauptsache, du musst nicht hierbleiben.«

»Vorsicht«, sagte sie mit leiser, aber fester Stimme.

»Du kannst es genauso gut gleich zugeben«, sagte ich. »Oder nein, du musst es gar nicht zugeben. Du bist so leicht durchschaubar, dass du nicht ein Wort sagen musst, ehe ich blicke, was du vorhast. Und Kaspar auch. Das ist ja klar. Er würde sich so eine Gelegenheit natürlich auf gar keinen Fall entgehen lassen. Fahr du nur. Fahr einfach.«

»Hör auf«, sagte, nein, fauchte sie. Ihre Augen waren ganz schmal.

»Es ist dir schnuppe, wie es den Leuten geht, das ist so was von deutlich. Hier zu Hause oder wo auch immer. Das Einzige, was dir wirklich wichtig ist, bist du selber. Du hältst dich für so perfekt, aber in Wahrheit bist du die größte Egoistin, die ich je getroffen habe.«

In diesem Moment war es, als ob eine Bombe platzte. Ein Höllenstreit brach los. Sie schrie, ich schrie. Nachdem sie die Wohnungstür hinter sich zugeknallt hatte, zerrte sie ihre To-do-Liste vom Kühlschrank und zerriss sie in klitzekleine Stückchen. Sekunden später stand ich zwischen den winzigen Papierfetzen und schluchzte.

Die ganze Nacht verstrich, und um sieben Uhr morgens gab ich meinen Versuch einzuschlafen auf und ging zur Bushaltestelle. Frasse war sicher noch nicht wach, aber er schloss ja sowieso nie die Tür ab. Ich könnte ein Weilchen auf seinem Sofa dösen und ihm am späteren Vormittag erzählen, was passiert war. Vielleicht könnte er mich dazu bringen, darüber zu lachen.

Doch als ich dort ankam, saß er bereits am Computer.

»Wie geht's?«, fragte ich.

Er drehte sich um und schien nicht einmal verwundert, dass ich da war.

»Ich habe schon seit drei Tagen nichts von Mary gehört«, antwortete er. »Sie ist jetzt in Kamerun, und letzte Woche wollte sie in den Norden fahren, um die Familie ihres Vaters zu besuchen. Und seither habe ich nichts mehr von ihr gehört.«

Ich schielte zum Sofa hinüber und sah, dass die Decke dort lag. Ich würde bestimmt schlafen können, auch wenn der Computer lief.

»Sie hat sicher nur viel um die Ohren. Und vielleicht gibt es dort nicht mal Internet.«

»Gestern Abend war sie noch eingeloggt. Oder es war jemand anders mit ihrem Passwort. Ich habe eine Nachricht geschickt, aber sie hat nicht geantwortet. Auf ihrem Handy habe ich es auch versucht.«

»Gibt's Kaffee?«

»Hörst du denn nicht, was ich sage!« Seine Stimme überschlug sich beinahe. »Es ist etwas passiert, ich weiß, dass etwas passiert ist! Das ist ein Gefahrengebiet. Überfälle, Unfälle, Entführungen, Boko Haram!«

»Boko Haram?«, fragte ich. »Ich dachte, die wären in Nigeria?«

»Hast du denn noch nie auf eine Landkarte geguckt, Mann!«

Seine Augen stierten stumpf vor sich hin, als hätte er auch kaum geschlafen.

»Mach dich mal locker«, sagte ich. »Ich werde dir helfen, sie zu finden. Aber erst mal brauchen wir einen Kaffee. Und zwar wir beide.«

Wir verbrachten den Morgen damit, nach Informationen zu suchen. Ob es einen Terrorangriff oder ein größeres Unglück in dem Gebiet gegeben hatte. Wir suchten nach Morden und Entführungen, verglichen offizielle Nachrichtenkanäle miteinander, zoomten heran und wieder weg.

»Das ist eine Diktatur, weißt du. Selbst wenn etwas passiert ist, kann man noch lange nicht davon ausgehen, dass es an die Öffentlichkeit dringt. Vor allem, wenn das Regime mit drinsteckt. Sie hat sicher mehrere Verwandte, die sich politisch engagieren. Und sie selbst hält mit ihrer Meinung auch nicht gerade hinterm Berg.«

Ich nickte und setzte die Recherche fort, meine Müdigkeit war verflogen. Dies war etwas Größeres, und irgendwie tat es gut, etwas anderes zu machen als an die Sache mit Julia zu denken.

Am frühen Nachmittag beschlossen wir dennoch, eine Pause einzulegen, und gingen runter in die Pizzeria.

»Und was macht Julia so?«, fragte er und trank ein paar Schlucke von seiner Cola. Sein Fuß trommelte unter dem Tisch.

Ich zuckte mit den Schultern. »Die fährt bald.«

Im selben Moment beschloss ich, nichts von unserem Streit zu erzählen und auch nichts von Kaspar. Es wirkte so lächerlich im Vergleich zu seinem Problem. Außerdem war ich mir ziemlich sicher, wie Frasse das Geschehen interpretieren würde, und momentan würde ich seine Kommentare nicht gut ertragen.

»Es wird wohl nicht funktionieren, wenn sie weg ist«, sagte ich. »Eigentlich kann man genauso gut gleich Schluss machen.«

Er stopfte sich ein Salatblatt in den Mund. Sein Blick war wieder stumpf.

»Du kannst doch wohl nicht einfach aufgeben. Du kannst doch nicht schon im Voraus wissen, wie es sein wird.«

Ich sah zu ihm auf. Es war merkwürdig, dass seine Beine in ständiger Bewegung sein konnten, während sein Oberkörper vollkommen ruhig wirkte. Wie eine Ente im

Wasser, die von oben betrachtet vollkommen bewegungslos scheint, während sie unter der Oberfläche wie verrückt mit den Füßen paddelt.

Als wir wieder oben in der Wohnung waren, schlug ich vor, wir könnten einige von Marys Freundinnen kontaktieren. Frasse zögerte. Schließlich kenne er sie ja gar nicht, sagte er. Ich brachte ihn trotzdem dazu, ein paar Nachrichten loszuschicken. Die Freundinnen antworteten, wussten aber nichts. Einige machten sich ebenfalls Sorgen, andere nahmen es locker.

»Lass sie doch«, schrieb eine von ihnen. »Sie ist halt im Urlaub. Spionier ihr nicht ständig nach. Sie wird sich sicher melden, wenn sie nach Hause kommt.«

»Das ist eine Engländerin«, sagte Frasse. »Die hat keine Ahnung, wie es in Kamerun ist.«

In dieser Nacht schlief ich. Wie ein Stein sogar. Trotzdem wachte ich irgendwann schweißgebadet auf. Ich hatte geträumt, ich würde in einem dunklen und feuchten Kerker mitten im Dschungel sitzen. Von draußen drang Musik herein und die Stimmen von Julia und Kaspar. Sie tanzten und lachten, als wüssten sie nicht, dass ich gefangen gehalten wurde. Oder als würde es sie einfach nicht interessieren.

In der darauffolgenden Zeit wollte Frasse über nichts anderes sprechen als über seine mehr oder weniger verschwörerischen Theorien, was mit Mary passiert war; er erklärte mir detailliert die kamerunische Innenpolitik und die westafrikanischen Konflikte, berichtete alles über die Diskussionen, die er zu diesem Thema in irgendeinem Internetforum geführt hatte, und schickte mir Links zu

Nachrichtenartikeln und Videos. Nach Julia erkundigte er sich nie, und ich erzählte auch nichts. Irgendwann hatte ich keine Lust mehr, zu ihm nach Hause zu fahren, und am Ende ging ich nicht mehr ran, wenn ich sah, dass er anrief.

Die meiste Zeit lag ich auf meinem Sofa. Verpasste eine Unterrichtseinheit meiner Weiterbildung. Dann noch eine.

Am Ende zählt ja doch nur die Abschlussprüfung, dachte ich. Das Ziel zu erreichen, nicht der Weg dorthin.

Ich kramte einen Aschenbecher aus dem Küchenschrank hervor und fand die Zigaretten, die ich Frasse geklaut hatte. Dann legte ich mich wieder aufs Sofa und blies den grauen Rauch zur weißen Decke.

Das Ziel, dachte ich. Das ist ein fester Punkt. Es hat keinen Sinn, einem festen Punkt nachzujagen. Er bewegt sich ja sowieso nirgends hin.

Ich folgte den Rauchringen mit dem Blick, sah zu, wie sie sich auflösten.

An einem Abend – vielleicht war es auch ein Nachmittag – hörte ich plötzlich die Türklingel. Ich dachte an die Ermahnungen meines Vaters, seinen spanischen Aufenthaltsort nicht preiszugeben, aber wenn er sowieso gerade einkaufen sein sollte, gab es für mich ja wohl auch keinen Grund, die Tür aufzumachen. Also blieb ich liegen.

Im nächsten Moment hörte ich einen Schlüssel im Schloss.

»Hallo?«

Ich sprang auf und fuhr mir mit den Händen über das Haar, um es zu glätten. Julia stand in der Tür.

»Du lieber Himmel«, sagte sie.

Hastig fing ich an, die Gläser und Teller vom Couchtisch zu räumen.

»Hab's wohl ein bisschen übertrieben gestern«, sagte ich und trug das Geschirr in die Küche.

»Nicht nur gestern, wie es scheint.«

Sie rümpfte die Nase, war mit einigen großen Schritten bei der Balkontür und öffnete sie.

»Ich habe noch ein paar Sachen hier vergessen«, sagte sie, als ich mich wieder zu ihr umdrehte.

Sie ging ins Schlafzimmer, öffnete die Schranktür und durchstöberte die Fächer.

Ihre Klamotten hatten sich mit meinen vermischt, natürlich nicht allzu viele Teile, aber doch so viele, dass es eine Weile dauerte, bis sie alles durchhatte.

»Wann fährst du denn?«, fragte ich so unbekümmert wie möglich.

»Nächste Woche.«

Sie stand mit den Armen voller Kleider da und versuchte noch mehr zusammenzuraffen, obwohl sie schon das, was sie hatte, kaum tragen konnte.

»Brauchst du eine Tüte?«, fragte ich schließlich.

Sie nickte.

Ich ging in die Küche und wühlte in den Tüten, um eine ausreichend große zu finden. Alles wallte in mir auf, aber ich kämpfte dagegen an.

»Hast du eine gefunden?«

Ich griff nach der erstbesten. »Hier.«

Sie stellte sich dicht vor mich, ich hielt die Tüte auf, und sie fing an, alles hineinzustopfen, aber die Tüte war zu klein oder es waren zu viele Kleider. Sie kicherte, und ich fluchte.

»Entschuldigung.«

Wir sagten es beide gleichzeitig und sahen einander in die Augen.

Jetzt oder nie. Ich küsste sie.

»Du musst dir dringend die Zähne putzen«, sagte sie.

»Ich weiß.«

»Und duschen.«

»Ich weiß.«

Wir küssten uns wieder. Die Tüte fiel zu Boden, und ich drückte sie gegen die Wand, mein schmutziger Körper an ihrem weichen, reinen. Dann trug ich sie zum Bett, und sie schob die Finger unter meinen Pullover, zog ihn mir aus, zog mir alles aus.

Anschließend lag sie mit dem Kopf auf meiner Brust da.

»Du weißt, dass ich trotzdem fahren werde.«

»Ich weiß.«

Am nächsten Tag duschte ich lange, rasierte mich, wusch die Bettwäsche, putzte, spülte und lüftete gut durch.

Nachmittags nahm ich den Bus zu Frasse. Ich sprang die Treppen hinauf und zog an der Klinke.

Die Tür war abgeschlossen.

Verdammt.

Wieder und wieder drückte ich die Klingel, doch nichts passierte. Ich beugte mich herab und hob die Klappe des Briefschlitzes.

»Frasse! Mach auf! Ich weiß, dass du da bist!

Kein Laut drang aus der Wohnung. Ich holte mein Handy hervor und rief an, aber sein Telefon schien ausgestellt zu sein. Dann kam jemand die Treppe herauf. Ich drehte mich um, aber es war nicht Frasse, sondern eine Frau, die in jeder Hand eine Einkaufstüte trug.

»Ich glaube, er ist verreist«, sagte sie.

»Verreist?«, fragte ich, und vielleicht klang ich ironisch, denn der Gedanke, dass Frasse auf Reisen war, schien geradezu absurd.

»Ja, nicht dass man sonst viel von ihm mitbekommt. Aber ich wohne direkt nebenan, und normalerweise höre ich immer seine Klospülung. Und die habe ich jetzt schon seit Tagen nicht mehr gehört. Sonst ist er ja immer da.«

Sie stellte die Tüten ab und schloss ihre Tür auf. Ich stand reglos da.

Es muss eine logische Erklärung geben, dachte ich und versuchte, ihr auf die Spur zu kommen. Doch mich beschlich Unbehagen.

Ich eilte zu der Eisenwarenhandlung, wo einer von Frasses Brüdern arbeitete.

»Hallo«, sagte ich und versuchte mir meine Erleichterung nicht anmerken zu lassen, als ich den Bruder hinter der Kasse stehen sah. »Hast du Frasse in letzter Zeit zu Gesicht bekommen?«

Er schüttelte den Kopf. »Frasse? Nein, der geht doch so gut wie nie raus. Er ist letzten Sonntag nicht mal beim Geburtstag unserer Schwester gewesen, und bei so was lässt er sich ja normalerweise schon blicken. Torte für lau, du weißt schon.«

Er grinste, wirkte dann aber doch nachdenklich. Anschließend kam ein Kunde, dem er sich gleich zuwandte.

Ich ging hinaus auf die Straße und scrollte durch meine Nachrichten. Es waren ganz schön viele von Frasse, die meisten noch ungelesen. Die neusten waren ungefähr zwei Wochen alt. Jetzt fing ich an, sie durchzulesen. Erst kamen weitere Links zu Artikeln, Hinweise auf das Verschwinden von Dissidenten, Kommentare über die Situation in Kamerun. Dann wurden die Mitteilungen knapper.

Ruf mich an.

Komm, so schnell du kannst.

Ruf NICHT an. Abhörgefahr.

Ich las die Nachrichten wieder und wieder. Warum hatte ich das nicht früher schon getan? Warum hatte ich nichts unternommen?

Ich rannte zurück zu seiner Wohnung, klingelte immer wieder, klopfte und rief.

Keine Reaktion.

Ich bekam eine Gänsehaut auf den Armen und stürmte die Treppe hinunter. Als die Tür hinter mir zuschlug, drehte ich mich noch einmal um und sah mein leichenblasses, einsames Spiegelbild in der Scheibe. Meine Hände zitterten. Trotzdem gelang es mir, das Telefon herauszuholen.

»Julia«, sagte ich. »Ich weiß nicht mehr, was ich machen soll.«

Sie kam mit dem alten Toyota ihrer Mutter angefahren.

»Wir müssen mit seiner Mutter reden«, sagte sie, nachdem sie ebenfalls gegen die Tür gehämmert und geklingelt hatte. Wir setzten uns in das Auto und fuhren zu Frasses Eltern.

Julia und ich warteten im Flur, während Frasses Mutter das ganze Haus auf den Kopf stellte, um seine Schlüssel zu finden, und dann fuhren wir zu dritt zurück und verschafften uns Zutritt.

In der Wohnung war es vollkommen ruhig. Der Computer war ausgestellt, das Bett nicht gemacht, und in der

Spüle stapelte sich das schmutzige Geschirr. Der Stuhl, auf dem Frasse sonst immer saß, war leer.

»Hol ein Glas Wasser«, sagte Julia, und in dem Moment bemerkte ich, dass Frasses Mutter vollkommen bleich war.

Sie saßen zusammen auf dem Sofa, während ich die Post auf dem Sofa durchging, um herauszufinden, wann er zuletzt hier gewesen war. Ich fuhr den Computer hoch, aber man brauchte natürlich ein Passwort, um darauf zuzugreifen.

»Wir sollten eine Vermisstenanzeige aufgeben«, sagte ich.

»Lass uns noch ein bisschen damit warten«, sagte Frasses Mutter und umklammerte verkrampft ihr Wasserglas. Sie sah so klein aus, wie sie dort saß. Ich holte Luft, aber dann erschien es mir doch nicht der geeignete Zeitpunkt, um von Frasses Verschwörungstheorien und seinen kryptischen SMS zu erzählen.

»Ja, wir warten«, sagte Julia.

Am Abend fuhren Julia und ich gemeinsam hinaus nach Linderöd. Im Auto versuchte ich alles zu erzählen, was ich wusste, von Mary und Kamerun und unseren Nachforschungen.

»Warum hast du nichts gesagt?«, fragte sie und sagte im nächsten Atemzug: »Meinst du wirklich, er hat jemanden kennengelernt? Also in echt?«

»Ich glaube schon.«

Sie schwieg eine Weile, als müsste sie diese unglaubliche Information erst einmal sacken lassen. Wir fuhren vor das Haus ihrer Mutter und parkten. Als wir aus dem Auto ausstiegen, sagte sie immer noch nichts.

»Der sitzt sicher nur irgendwo herum und chillt«, sagte ich schließlich, um die Stimmung aufzulockern. Als sie keine Antwort gab, fuhr ich lachend fort: »Du weißt schon, was Verlierer halt so machen.«

Da drehte sie sich um und starrte mich an. Dann sagte sie, sie müsse nach den Pferden sehen.

Ich stand mit den Händen in den Taschen da und sah, wie sie auf dem Schotterweg auf mich zuritt. Das Haar, das unter dem Helm hervorschaute, peitschte auf und ab, und ihre Wangen waren rot. Ich rührte mich nicht von der Stelle, obwohl das Pferd immer näher kam. Erst wenige Meter vor mir brachte sie es zum Stehen.

Sie glitt vom Pferderücken, gab mir die Zügel in die Hand und nahm ihren Helm ab.

»Ich werde nicht fahren«, sagte sie. »Nicht bevor sich das mit Frasse geklärt hat.«

Das Pferd blickte gleichmütig drein. Innerhalb von wenigen Sekunden hatte es von schnellem Trab auf völlige Ruhe umgestellt.

»Ich habe mich schon entschieden.«

Den restlichen Abend über saß ich im Wintergarten und sah, wie sich die Dunkelheit über die Felder legte, während sie telefonierte, ihrer Mutter alles erklärte und mit ihren Freundinnen chattete, die eine Theorie nach der anderen hatten.

Erst als wir ins Bett gegangen waren und es in meinem Inneren nun schon eine ganze Weile gebrodelt hatte, sagte ich ziemlich spöttisch: »Du bleibst also zu Hause, weil es Frasse nicht gut geht.«

Sie lag da und sah auf ihr Handy. »Hmm.«

Sie legte es nicht einmal beiseite und sah mich an.

»Schon lustig, dass du dir plötzlich so viele Gedanken um jemanden machst, den du für einen Idioten hältst.«

Jetzt ließ sie das Telefon sinken.

»Es ist nur so interessant«, sagte ich. »Wenn ich will, dass du bleibst, besteht keinerlei Chance, dass du es tust. Wenn du aber glaubst, Frasse bräuchte deine Hilfe, lassen sich plötzlich alle Pläne über den Haufen werfen.«

Sie sah mich an, als würde sie erwarten, dass ich noch mehr sagte, und obwohl ich es nicht vorgehabt hatte, fuhr ich fort: »Du tust alles Mögliche für andere. Aber nie etwas für mich.«

Ich dachte daran, was Frasse mir gesagt hatte, dass sie umso weniger mit mir zusammen sein wollen würde, je eifriger ich mich um sie bemühte. Aber jetzt lief sowieso alles auf den Zusammenbruch hinaus.

»Verstehst du denn nicht, dass ich wegen dir bleibe?«, fragte sie. »Frasse war mir schon immer egal. Aber ich will dich nicht mit dem Ganzen allein lassen.«

Als wir am Morgen aufwachten, hatten wir beide eine SMS bekommen. Nicht von Frasse, aber von seiner Mutter.

»Frasse geht es gut. Er ist in England und kommt bald zurück.«

Einige Stunden später erreichte ich ihn.

»Was zur Hölle machst du?«, fragte ich.

»Ich nehme die Sache in Angriff.«

»Wie, in Angriff? Was ist mit Mary?«

»Mit Mary ist es aus.«

»Aus?«

»Das erzähle ich, wenn ich nach Hause komme.«

Julia buchte ihr Ticket noch einmal um, und als es so weit war, begleitete ich sie zum Flughafen. Sie stand mit dem großen Rucksack vor sich am Check-in-Schalter, und obwohl sie wegsah, konnte ich erkennen, dass ihre Augen ganz feucht waren.

»Wir müssen ja nichts entscheiden –«, sagte sie. Ihrer Stimme war anzuhören, dass dieser Satz noch weiterging, sie aber beschlossen hatte, das Ende zu verschlucken.

»Nein«, erwiderte ich.

Sie fingerte an ihrem Schulterriemen herum, sagte aber nichts. Dann blickte sie zu mir auf, und ihre Augen schienen irgendwie größer als sonst.

»Was auch passiert, es schleicht sich immer von hinten an, oder?«

Ich musste lächeln, und als sie auch lächelte, streckte ich die Hand aus und berührte ihr Gesicht. Dann half ich ihr, den Rucksack wieder aufzusetzen, und sah zu, wie sie zum Schalter ging und verschwand.

An einem Mittwochnachmittag nahm ich den Bus zu Frasse. Die Tür war nicht abgeschlossen, also ging ich hinein, stellte die Maschine an und rief ihn, als der Kaffee fertig war.

»Du, das mit Mary«, sagte ich und schüttelte eine Zigarette aus dem Päckchen.

Frasse hatte seine schon angezündet und lehnte sich zurück.

»Was denn?«

»Du weißt, was ich meine. All das mit ihrem Verschwinden und Boko Haram. Dass du dachtest, ihr wäre etwas passiert.«

Er klopfte die Asche von seiner Zigarette, als wollte er Zeit gewinnen.

»Es hätte so sein können«, sagte er zum Schluss. »Vielleicht hat es sich besser angefühlt zu glauben, dass sie sich deshalb nicht meldete. Wegen etwas Größerem. Etwas, bei dem es um Leben und Tod ging.«

»Etwas Richtigerem.«

Er schüttelte den Kopf. »Alles ist doch wohl verdammt noch mal richtig.«

Wir saßen eine Weile da, und ich schenkte uns Kaffee nach.

»Sie wollte sowieso Schluss machen«, sagte er. »Aber ich bin nach England gefahren, als ich kapiert habe, dass sie dort war. Vielleicht fahre ich irgendwann noch mal hin. Man weiß ja nie.«

Er grinste. Da fiel mir etwas ein.

»Man könnte also sagen, dass die Evolution für diese Reise verantwortlich war«, sagte ich. »Sie hat dich dazu gebracht, diese Wohnung zu verlassen und etwas Neues zu wagen. Du warst drauf und dran, dein Weibchen zu verlieren, und da hast du dich in die Welt hinausbegeben, weil du um ihre Gunst kämpfen wolltest.«

»Die Evolution!«, sagte er. »Tiere sind wir doch wohl verdammt noch mal auch wieder nicht.«

Er brach in Gelächter aus, und da lachte ich auch. Wir hoben unsere Kaffeetassen und stießen darauf an; wir stießen darauf an, dass wir Menschen waren. Wir kippten das bittere, belebende Getränk in einem Zug, und es schien, als wäre uns beiden klar, dass unabhängig davon, ob wir einfach hier an seinem winzigen Küchentisch in der versifften kleinen Einzimmerwohnung saßen oder ob wir uns in etwas Größeres hinausbegaben, alles Mögliche passieren konnte, Gutes oder Schlechtes, zu jeder Zeit.